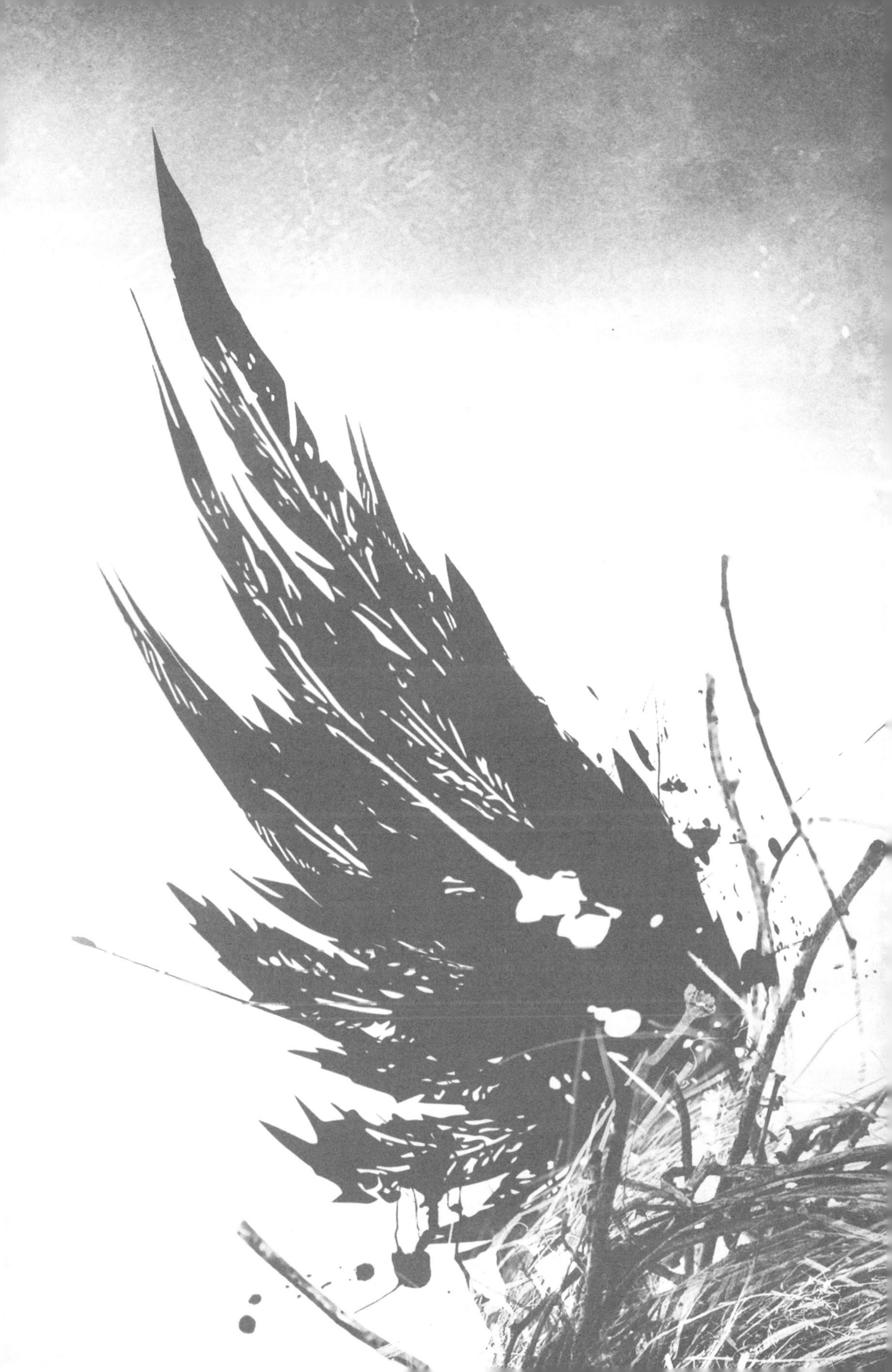

哈利·波特与被诅咒的孩子

第一部 和 第二部

WIZARDING WORLD

全新故事原创
〔英〕J.K.罗琳
〔英〕约翰·蒂法尼 & 杰克·索恩
剧本由杰克·索恩执笔
马爱农 译

由索尼亚·弗里德曼制作公司、科林·卡伦德
和哈利·波特戏剧制作有限公司
首次制作

伦敦西区原创舞台剧的官方剧本
最终确定版

原创舞台剧本

哈利·波特
与
被诅咒的孩子

第一部 和 第二部

人民文学出版社
PEOPLE'S LITERATURE PUBLISHING HOUSE

著作权合同登记号　图字 01—2016—7157

Harry Potter and the Cursed Child
First published in print Great Britain in 2016 by Little, Brown
This paperback edition published in 2017 by Sphere

Potter family tree and Timeline © 2017 Pottermore Ltd
Cover artwork and logo are trademarks of and © Harry Potter Theatrical Productions Limited

Wizarding World characters, names and related indicia are TM and © Warner Bros. Entertainment Inc. All rights reserved.

All characters and events in this publication, other than those clearly in the public domain, are fictitious and any resemblance to real persons, living or dead, is purely coincidental.

No part of this publication may be reproduced, stored in a retrieval system, or transmitted, in any form, or by any means, without the prior permission in writing of the publisher, nor be otherwise circulated in any form of binding or cover other than that in which it is published and without a similar condition including this condition being imposed on the subsequent purchaser.

图书在版编目（CIP）数据

哈利·波特与被诅咒的孩子／（英）J.K.罗琳，（英）约翰·蒂法尼，（英）杰克·索恩著；马爱农译．—2版．—北京：人民文学出版社，2022（2025.9重印）
ISBN 978—7—02—016725—8

Ⅰ.①哈…　Ⅱ.①J…②约…③杰…④马…　Ⅲ.①儿童文学—剧本—英国—现代　Ⅳ.①I561.83

中国版本图书馆CIP数据核字（2022）第055761号

责任编辑	翟　灿			
美术编辑	刘　静	字　数	220千字	
责任印制	苏文强	开　本	710毫米×1000毫米　1/16	
		印　张	23.75　插页4	
		印　数	320001—350000	
出版发行	人民文学出版社	版　次	2016年10月北京第1版	
社　　址	北京市朝内大街166号		2018年6月北京第2版	
邮政编码	100705	印　次	2025年9月第12次印刷	
印　　刷	三河市宏盛印务有限公司	书　号	978-7-02-016725-8	
经　　销	全国新华书店等	定　价	69.00元	

如有印装质量问题，请与本社图书销售中心调换。电话：010-59905336

目 录

关于阅读剧本的对谈　i

第 一 部

第 一 幕
3

第 二 幕
97

第 二 部

第 三 幕
183

第 四 幕
275

演员表　348

2017年创作和制作团队　350

原创故事团队简介　353

鸣谢　357

哈利·波特家谱　358

"哈利·波特"大事记　360

《哈利·波特与被诅咒的孩子》（第一部和第二部）的全部或部分内容，未经版权所有者J.K.罗琳和哈利·波特戏剧制作有限公司的明确许可，不得被用于表演或其他任何用途。若需咨询，请发邮件至：
enquiries@hptheatricalproductions.com

J.K. 罗琳

致杰克·索恩
他进入我的世界
创造了美丽的奇迹。

约翰·蒂法尼

献给乔、路易斯、麦克斯、桑尼和默尔……
所有的巫师们……

杰克·索恩

献给
生于2016年4月7日的
艾略特·索恩。
我们排练时,他咯咯笑。

导演约翰·蒂法尼和编剧杰克·索恩

关于阅读剧本的对谈

杰　克

我读的第一个剧本是《约瑟夫与神奇的梦幻彩衣》，当时我还在上小学，觉得很兴奋。具体我记不太清了，好像主要是在戏里寻找我的台词。没错，我是个被宠坏了的孩子，演的角色是约瑟夫。我读的第二个剧本是《银剑》，是伊安·塞莱利尔的一部经典作品改编的舞台剧。在这部戏里我没演主角——演的好像是"男三号"之类的角色。我倒是很想演埃德克·巴利基。只要能演埃德克，让我付出什么代价都行，遗憾的是，我的演员生涯到那时候就结束了。那一年我九岁。

约　翰

我读的第一个剧本是《奥利弗！》，当时我九岁（虽然年纪很小，却也隐约意识到感叹号意味着这是一部音乐剧——有歌曲的……《奥利弗！》）。在哈德斯菲尔德业余歌剧协会1981年的演出中，我演的是那个与戏同名的孤儿。我不记得我试过改变自己的口音，因此我们的演出肯定对狄更斯的原著做了奇特的改造，剧中奥利弗的母亲竟然去了西约克郡的一家贫民习艺所生孩子。我跟你一样，也在剧本中找我的台词。记得我还专门去买了一支黄色的荧光笔，把我剧本里奥利弗的台词都标了出来，我注意到剧组里的其他演员也是这么做的。我以为这样能让我显得更像一位经验丰富的演员。后来，扮演"溜得快"的演员给我指出，我不仅要标出我的台词，还要把它们深深地印在记忆里。我的剧本阅读课就这样开始了。

杰克

我真希望看过你演的奥利弗。还有你的带有黄色荧光标记的剧本。我一直很欣赏你那些整洁的牛皮纸导演笔记本。我的剧本总是——历来如此——边角翘起，涂满了难以辨认的笔记，还沾着婴儿的呕吐物（好吧，呕吐物是最近新增的）。

那么，你认为我们应该怎么读剧本？能够怎么读？当我——在开演前最后几星期的混乱中——试图写下舞台提示用于出版时，这些问题经常困扰着我。我记得在排演的过程中，我们经常删去剧本里的大段内容，因为演员通过一个眼神就能互相交流，根本不需要我写的那些台词。这个剧本是为一群特定的演员创作的，但是其他人也需要进入角色。读者需要想象出那些人物，导演也是。

当你第一次读某个剧本时，你在寻找什么呢？

约翰

作为一名导演，对一个新剧本的第一次阅读是非常珍贵的。这时候你最接近首次观演的观众。阅读一个完整的剧本，应该能让我们了解故事、人物，以及剧作家想要探讨的主题。剧本可以让我们笑，让我们哭。它能带给我们看故事的愉快享受，同时又让我们为人物的痛苦经历感到深深的绝望。剧本为最终成真的演出奠定了基础，并建立了一种可与观众分享的体验。

你作为一名编剧，写剧本时会在多大程度上想象出这一整套体验？你在键入人物的台词时，会把它们大声说出来吗？

杰　克

我比这更过分，我会模仿人物的动作。如果是在知名的咖啡馆或三明治零售店里写作，就会引来一些奇怪的目光。我发现我在努力模仿剧中人，像他们那样做出各种姿势。这实在太令人尴尬了。

关于写作这个剧本的过程，最有趣的一点恐怕就是我从未花这么多时间跟演员待在一起过——从来没有。工作坊排练了几个星期，后来又排演了好几个星期，我们大家，所有的人，从设计团队到音响、灯光团队，在那些房间里一起混了那么久。这样的经历恐怕我们中间谁也未曾有过——前后大概用了八个月才大功告成。你说，这会对我们的创作有什么影响？我相信这使作品改进了很多，但更重要的是，你认为它是否多少改变了我们作品的风格呢？

约　翰

想象你坐在咖啡馆里念念有词，把自己扮演成剧中人。我爱死这画面了！杰克，说不定也有人想看这个呢，我想。听起来是一种非常独特的表演风格。我们可以去巡回演出了。我认识《被诅咒的孩子》里的好多演员，我要去订一些前排的座位。不行？好吧，那就算了……

我相当肯定，我们在工作坊和排演中共同度过的那么多时光，对我们的创作起了十分积极的作用。整个过程似乎仍然那么清晰、鲜活、充满动感。从2014年年初我们和乔最早的几次故事碰头会，到2016年夏天观众第一次观看演出，有那么多的演员、创意顾问、艺术家、制作人、生产和技术团队为这部剧做出过贡献。主要是基于这个原因，我在出版这个剧本时坚持把他们的名字都写进去。同样也是基于这个原因，出版这个剧本只是提供一条路径，让人们最终获得在剧场观看演出的完整体验。

那么，对于还没能看到演出、正在阅读剧本的那些人，你作为这个剧本的撰写者，希望他们想象出一些什么呢？

杰　克

我认为这个问题很难回答。这部戏公演的前一天，我发了一条推特，说"我更愿意人们去看戏，看戏比读戏精彩——剧本就像活页乐谱，是要被唱出来的，而我们拥有碧昂丝一般的剧组"。也许，对这个问题该这样回答：读者想象着表演界的碧昂丝们——无比地投入，无比地充满激情——用他们精妙和优美的演技说出每一句台词（因为那是事实，我们的演员阵容确实超级强大），读者还想象出精彩绝伦的舞台和动作设计，服装、灯光、影像及声音。

或者，我只希望读者能像我写剧本时那样去读剧本——我既要贯彻罗琳的意图，又要实现约翰你的创作——我尽自己的能力，在每一句台词里表达贯穿《哈利·波特》全书的那种真情实感。当然啦，最困难的是字里行间的潜台词、顾盼之间传达情感的方式，以及在剧本中无法表现的真正摄人心魄的内心独白。在叙事作品中，你可以写出人物的感受，而在演出中，演员通过神情表现内心独白。而且，舞台上有大量魔法的东西，对此我不便明说，因为会破坏观看演出的乐趣，还会害得杰米·哈里森（负责视觉效果和魔法）被赶出魔法圈！也许他们可以自己在脑子里把它演出来？也许读者可以像我一样发疯，坐在咖啡馆里扮演各种角色？你认为人们应该怎么读剧本呢？

约　翰

正如你说的，在叙事作品中，你可以通过内心独白表现某人的真情实感，通过丰富的描写提供视觉上的细节，而我们有演员和创意合

关于阅读剧本的对谈

作团队,跟我们一起让这些元素在舞台上焕发生机。即便那样,我们也经常依靠观众的集体想象来使故事的某一个特定时刻得到全面实现。这也是我对戏剧有如此激情的原因之一;电影有计算机合成的图像,而我们有观众的想象。两者都具有无比强大的力量。

我认为,读者在自己的脑海里把剧本演出来,或者跟伴侣一起在卧室里演,是一件妙不可言的事。也许这跟我们现场观众的想象密切相关。我们要努力工作,让每一个想看《哈利·波特与被诅咒的孩子》演出的人都能够看到,不管是在伦敦的皇宫剧院,还是在别的地方看新版演出。另一方面,一想到我们的读者在读你的剧本时,会在他们的想象中呈现出无数个演出版本,我就由衷地感到兴奋。

第 一 部

第 一 部

第 一 幕

第一幕　第一场

国王十字车站

一个繁忙、拥挤的车站，挤满了前往不同地方的人。在一片纷扰忙乱中，两只大鸟笼在两辆装满行李的手推车顶上咔啦啦摇晃。推车的是两个男孩，詹姆·波特和阿不思·波特。他们的母亲金妮跟在后面。还有哈利，一个三十七岁的男人，肩上坐着女儿莉莉。

阿不思

　　爸爸。他一直说个不停。

哈　利

　　詹姆，别再说了。

詹　姆

　　我只是说他可能会去斯莱特林。他真的没准儿……（避开爸爸的瞪视）好吧。

阿不思（抬头看着妈妈）

　　你们会给我写信的，是吗？

金　妮

　　如果你愿意，我们每天都写。

第 一 部

阿不思

别,别每天都写。詹姆说,大多数同学每个月只收到一次家里的信。我不想……

哈 利

去年,我们每星期给你哥哥写三次信。

阿不思

什么?詹姆!

　　阿不思责备地看着詹姆,詹姆对他嬉皮笑脸。

金 妮

是啊。他跟你说的关于霍格沃茨的那些事,你不用句句都当真。你哥哥就喜欢搞笑。

詹 姆

请问,我们可以走了吗?

　　阿不思看看爸爸,又看看妈妈。

金 妮

你们只需径直穿过第9和第10站台之间的隔墙。

莉 莉

我好激动啊。

哈 利

别停下,也别害怕会撞在墙上,这点非常重要。如果你感到紧张,最好一口气跑过去。

阿不思

我准备好了。

　　哈利和莉莉把手放在阿不思的推车上——金妮站在詹姆的推车旁——全家人一起,全速冲进了隔墙。

第一幕　第二场

$9\frac{3}{4}$ 站台

站台被霍格沃茨特快列车喷出的白色浓烟笼罩。
也是熙攘嘈杂的场面——但站在这里的不再是衣冠楚楚、忙忙碌碌的普通人，而是许多男女巫师，大都穿着长袍，正在琢磨着怎么对自己心爱的孩子说再见。

阿不思
　　到了。
莉　莉
　　哇！
阿不思
　　$9\frac{3}{4}$ 站台。
莉　莉
　　他们在哪儿？在这儿吗？可能还没有来？
　　哈利指出了罗恩、赫敏和他们的女儿罗丝。莉莉拔腿朝他们奔去。
　　罗恩舅舅。罗恩舅舅！！！
　　罗恩朝他们转过身，莉莉跌跌撞撞地冲向他。罗恩把她

第 一 部

抱在怀里。

罗　恩

这不是我最喜欢的小波特嘛!

莉　莉

你给我带把戏来了吗?

罗　恩

你知道韦斯莱魔法把戏坊独创的"吹气偷鼻子"吗?

罗　丝

妈妈!爸爸又在玩那个弱爆了的游戏。

赫　敏

你说弱爆,他说绝妙,要我说嘛……介于两者之间吧。

罗　恩

等着。我先嚼一嚼这个……空气。接下来就简单了……如果我嘴里有股淡淡的蒜味儿,请多多包涵。

他朝莉莉脸上喷了口气。莉莉咯咯笑了。

莉　莉

一股麦片粥的味道。

罗　恩

叮叮当当。大小姐,做好准备,你很快就什么也闻不到了……

他把莉莉的鼻子抓掉了。

莉　莉

我的鼻子呢?

罗　恩

变!

他手里空无一物。这是个蹩脚的把戏。每个人都因为它的蹩脚而开心。

第一幕　第二场

莉　莉

　　你好傻啊。

阿不思

　　大家又在盯着我们了。

罗　恩

　　那是因为我！我大名鼎鼎。我的偷鼻子试验奇妙无比！

赫　敏

　　确实有点厉害。

哈　利

　　停车还顺利吧？

罗　恩

　　搞定了。赫敏还不相信我能通过麻瓜驾驶考试，是不是？她还以为我肯定要给考官念个混淆咒呢。

赫　敏

　　我根本没往这儿想，我百分之百相信你。

罗　丝

　　我百分之百相信他给考官念了混淆咒。

罗　恩

　　嘿！

阿不思

　　爸爸……

　　　　阿不思拉了拉哈利的袍子。哈利低头看他。

　　你说——万一我被——万一我被分到了斯莱特林……

哈　利

　　那会有什么问题吗？

第 一 部

阿不思

　　斯莱特林是蛇院，是黑魔法的学院……不是勇敢巫师该去的学院。

哈　利

　　阿不思·西弗勒斯，你名字里有霍格沃茨两位校长的名字。其中一位就是斯莱特林的，他可以说是我认识的最勇敢的男人。

阿不思

　　可是万一……

哈　利

　　如果这对你，对你本人，很重要，分院帽会考虑你的感情的。

阿不思

　　真的？

哈　利

　　当年对我就是这样。

　　　　这件事他以前从未说过，一时间，往事在他脑海中回放。

霍格沃茨会把你造就成有用之材，阿不思。我向你保证，那里没有什么可害怕的。

詹　姆（严厉地）

　　除了夜骐。千万要当心夜骐。

阿不思

　　它们不是看不见的吗？

哈　利

　　听教授们的话，别听詹姆的，记住要让自己开心。好了，如果你不想错过这趟火车，就该跳上去了……

莉　莉

　　我要去追火车喽。

第一幕　第二场

金　妮

莉莉，快回来。

赫　敏

罗丝。别忘了跟纳威说我们爱他。

罗　丝

妈妈，我怎么可能对教授说爱！

> 罗丝离开去上火车。阿不思转过身，最后一次拥抱金妮和哈利，然后随罗丝而去。

阿不思

那么好吧。再见了。

> 他登上火车。赫敏、金妮、罗恩和哈利站在那里注视火车——汽笛声响起，响彻整个站台。

金　妮

他们会一切顺利的，是吗？

赫　敏

霍格沃茨是一所大学校。

罗　恩

又大，又奇妙，充满了美食。如果能重返校园，我愿意付出任何代价。

哈　利

真奇怪，阿尔①竟然担心会被分进斯莱特林。

赫　敏

那没什么，罗丝还担心她能不能在一年级或二年级打破魁地奇进球纪录呢。她还琢磨着能提前多久参加 O.W.L. 考试。

---

① 阿尔（Al）是阿不思（Albus）的昵称。

第 一 部

罗　恩

真不明白她这份野心是遗传了谁。

金　妮

你会怎么想,哈利,如果阿尔——万一呢?

罗　恩

你知道吗,金妮,我们以前一直以为你可能会被分进斯莱特林呢。

金　妮

什么?

罗　恩

不瞒你说,弗雷德和乔治还打了赌呢。

赫　敏

我们可以走了吗?你看,大家都盯着我们呢。

金　妮

只要你们三个在一起,大家就会盯着看。分开了也一样。人们总是会看你们。

　　四人离开。金妮拦住哈利。

哈利……他不会有事的,对吗?

哈　利

那还用说。

第一幕　第三场

霍格沃茨特快列车

阿不思和罗丝顺着列车车厢往前走。一个恐惧万分,另一个兴奋不已。售货女巫推着小推车从对面走过来。

售货女巫

亲爱的,推车上的东西想要吗?南瓜馅饼?巧克力蛙?坩埚蛋糕?

罗　丝（注意到阿不思眼馋地看着巧克力蛙）

阿尔,我们需要集中注意力。

阿不思

集中注意力做什么?

罗　丝

集中注意力挑选朋友呀。你知道,我爸爸妈妈就是在第一次乘霍格沃茨特快时认识你爸爸的……

阿不思

难道,我们现在就需要挑选一辈子跟谁做朋友吗?这可有点吓人。

罗　丝

恰恰相反,这多让人兴奋啊。我是格兰杰-韦斯莱,你是波特——

第 一 部

肯定人人都想跟我们做朋友,我们可以挑选自己中意的。

阿不思

那我们怎么决定——进哪个包厢……

罗　丝

先把它们都评估一番,再做决定。

> 阿不思打开一间包厢的门——看见一个孤独的金发男孩——斯科皮——坐在里面,包厢里除他之外没有别人。阿不思笑了笑。斯科皮也报以微笑。

阿不思

嗨!这间包厢……

斯科皮

随便坐吧。只有我一个人。

阿不思

太好了。我们可以——进来——稍微待一会儿——没事吧?

斯科皮

没事儿。嗨!

阿不思

阿不思。阿尔。我——我的名字是阿不思……

斯科皮

嗨,斯科皮。我是说,我叫斯科皮。你叫阿不思。我叫斯科皮。那么你肯定是……

> 罗丝的表情迅速变冷。

罗　丝

罗丝。

斯科皮

嗨,罗丝。你想吃几颗我的滋滋蜜蜂糖吗?

第一幕　第三场

罗　丝

我已经吃过早饭了，谢谢。

斯科皮

我这儿还有辛辣脆米巧克力、胡椒小顽童和一些果冻鼻涕虫。这是妈妈的主意——她说，（唱）"糖果总能帮你交上朋友"。（他意识到唱歌是个错误）这主意可能有点蠢。

阿不思

我来一些吧……妈妈不让我吃糖。先吃什么呢？

　　罗丝打了一下阿不思，没让斯科皮看见。

斯科皮

很容易。我一直觉得胡椒小顽童是糖果袋里最棒的。它们是能让你耳朵冒烟的薄荷糖。

阿不思

太棒了，那我就来这个——（罗丝又打他一下。）罗丝，拜托，你能不能别再打我？

罗　丝

我没打你。

阿不思

你打我了，打得很疼。

　　斯科皮脸色一沉。

斯科皮

她打你是因为我。

阿不思

什么？

斯科皮

听着，我知道你是谁，为了公平起见，你可能也应该知道我是谁。

第 一 部

阿不思

你知道我是谁,这话是什么意思?

斯科皮

你是阿不思·波特。她是罗丝·格兰杰-韦斯莱。我是斯科皮·马尔福。我妈妈和爸爸是阿斯托里亚和德拉科·马尔福。我们几家的父母——关系不好。

罗　丝

这么说太轻描淡写了。你妈妈和爸爸是食死徒!

斯科皮(受到冒犯)

我爸爸以前是——但我妈妈不是。

罗丝把目光移开了,斯科皮知道她为何这么做。

我知道那个传言,都是胡说八道。

阿不思看看神情尴尬的罗丝,又看看气急败坏的斯科皮。

阿不思

什么——什么传言?

斯科皮

传言说,我父母不可能有孩子。还说我父亲和祖父一心渴望有个强大的后代,为了防止马尔福家族断了根,他们就……他们就用时间转换器,把我母亲送回到——

阿不思

把她送回到哪儿?

罗　丝

传言说,他是伏地魔的儿子,阿不思。

一阵可怕的、令人不安的沉默。

可能都是一派胡言。我的意思是……看,你不是有鼻子嘛。

紧张的气氛略有松动,斯科皮放声大笑,如释重负中带有几分苦涩。

斯科皮

我的鼻子跟我父亲的一模一样！我继承了他的鼻子、他的头发和他的姓氏。其实这也没什么了不起的。我是说——我们父子之间也有一些问题。但是总的来说，我情愿是马尔福家的人，而不愿意是，你们知道，黑魔头的儿子。

斯科皮和阿不思看着对方，眼神中有了交流。

罗　丝

没错，好吧，我们可能应该坐在别的地方。走吧，阿不思。

阿不思在凝神思索。

阿不思

不（避开罗丝的目光），我在这儿挺好。你走吧……

罗　丝

阿不思。我可没耐心等。

阿不思

我也没指望你等我。我就待在这儿了。

罗丝看了他一秒钟，然后离开包厢。

罗　丝

很好！

包厢里只剩下斯科皮和阿不思——面面相觑，不知所措。

斯科皮

谢谢你。

阿不思

不。不。我留下来不是——为了你——我是为了你的糖果留下来的。

斯科皮

她可够霸道的。

第 一 部

阿不思

　　是啊。对不起。

斯科皮

　　别。我喜欢这范儿。你愿意我叫你阿不思还是阿尔？

　　　　斯科皮咧嘴一笑，把两颗糖扔进嘴里。

阿不思（思索）

　　阿不思。

斯科皮（耳朵里冒出烟来）

　　谢谢你为了我的糖果留下来，阿不思！

阿不思（大笑）

　　哇。

第一幕　第四场

场景转换

现在我们进入了一个时间变换的虚无世界。这幕场景充满了魔法。转换十分迅速，我们在不同的世界间跳跃。没有独立的场景，只有一些片段和碎片，表现时间的不断行进。

起初我们是在霍格沃茨校内的大礼堂里，大家都围着阿不思欢呼雀跃。

波利·查普曼
　　阿不思·波特。

卡尔·詹金斯
　　波特家的孩子。在我们年级。

扬·弗雷德里克斯
　　他遗传了他父亲的头发。跟他的一模一样。

罗　丝
　　他是我的表弟。（众人转身。）我是罗丝·格兰杰-韦斯莱。很高兴认识你们。

　　　　分院帽在学生们中间穿行，学生跳入各自的学院。
　　　　很快大家看出分院帽正朝罗丝走来，罗丝紧张地等待自己的命运。

第 一 部

分院帽

  这份工作我做了几个世纪，

  在每个学生头顶端坐一阵，

  收集盘点他们的想法，

  因为大名鼎鼎的分院帽就是在下。

  我的分院不分高矮，

  胖的瘦的一样对待，

  所以请把我戴在头上，

  你就会知道进入哪个学院……

  罗丝·格兰杰-韦斯莱。

    分院帽戴在罗丝头上。

格兰芬多！

    格兰芬多们爆发出欢呼喝彩，罗丝加入他们中间。

罗　丝

  感谢邓布利多。

    斯科皮跑过去取代罗丝的位置，接受分院帽瞪视的目光。

分院帽

  斯科皮·马尔福。

    分院帽戴在斯科皮头上。

斯莱特林！

    斯科皮早就料到了，他点点头，露出淡淡的微笑。斯莱特林们爆发出欢呼喝彩，斯科皮加入到他们中间。

波利·查普曼

  没错，这是顺理成章的事。

    阿不思迅速走到舞台前面。

第一幕　第四场

分院帽

  阿不思·波特。

    分院帽戴在阿不思头上——这次分院帽似乎踌躇良久——似乎感到疑惑不解。

斯莱特林！

    全场鸦雀无声。

    绝对的、意味深长的沉静。

    这沉静凝重压抑，微微旋转，暗藏杀机。

波利·查普曼

  斯莱特林？

小克雷格·鲍克

  哇啊！波特家的孩子，分在斯莱特林？

    阿不思往外张望，不敢确定。斯科皮面带微笑，满心欢喜，朝阿不思大喊。

斯科皮

  你可以站在我旁边！

阿不思（完全不知所措）

  行。好的。

扬·弗雷德里克斯

  我觉得他的头发没那么像他爸爸。

罗　丝

  阿不思？肯定是弄错了，阿不思。不应该是这样的。

    场景突然转换到霍琦女士的飞行课上。

霍琦女士

  好了，你们都还在等什么呢？每个人站在一把扫帚旁。快，别磨蹭。

    孩子们都匆匆在扫帚旁站好位置。

第 一 部

把手伸在扫帚上方，说："起来！"

全　体

起来！

罗丝和扬的扫帚分别飞到了他们手中。

罗丝和扬

有啦！

霍琦女士

快点儿快点儿，没时间磨蹭。说"**起来**"。认认真真地说"**起来**"。

全　体（除了罗丝和扬）

起来！

扫帚一把把飞起来，包括斯科皮的。只有阿不思的扫帚还留在地上。

全　体（除了罗丝、扬和阿不思）

有啦！

阿不思

起来。起来。起来。

他的扫帚没有动弹。纹丝不动。他不敢相信地、焦虑地盯着扫帚。其他同学发出咯咯的笑声。

波利·查普曼

哦，我的天哪，多丢人啊！他真的一点也不像他父亲，是不是？

卡尔·詹金斯

阿不思·波特，斯莱特林的哑炮。

霍琦女士

好了。孩子们。开始飞吧。

一时间，舞台上雾气弥漫，哈利凭空出现在阿不思身旁。场景又回到 9$\frac{3}{4}$ 站台，时间已然无情地流逝。阿不思大

第一幕　第四场

了一岁（哈利也老了一岁，但看上去不那么明显）。

阿不思

爸爸，拜托你能不能——能不能站得离我远一点儿。

哈　利（觉得好笑）

怎么，到了二年级，就不愿被人看见跟自己的老爸在一起了？

　　一个过于热情的巫师开始绕着他们踱步。

阿不思

不。只是——你是你——我是我，而——

哈　利

就因为怕人看，是吗？随他们看吧。他们看的是我，不是你。

　　那个过于热情的男巫呈上一份东西让哈利签名——哈利签了。

阿不思

看的是哈利·波特和他那不争气的儿子。

哈　利

这话是什么意思？

阿不思

看的是哈利·波特和他那斯莱特林的儿子。

　　詹姆拎着行李从他们身边跑过。

詹　姆

蛇行的斯莱特林，别再慢慢爬了，要去赶火车啦。

哈　利

没必要这样，詹姆。

詹　姆（走远了）

圣诞节见，老爸。

　　哈利看着阿不思，一脸担忧。

第 一 部

哈　利

　　阿尔——

阿不思

　　我的名字是阿不思，不是阿尔。

哈　利

　　其他孩子对你不好？是吗？也许你可以试着多交几个朋友——当年如果没有赫敏和罗恩，我在霍格沃茨根本待不下去，我根本活不下来。

阿不思

　　可是我不需要罗恩和赫敏——我——我有一个朋友，斯科皮，我知道你不喜欢他，但我只需要他。

哈　利

　　听着，只要你开心，我就放心了。

阿不思

　　你用不着送我来车站的，爸爸。

　　　　阿不思拎起箱子，毅然决然地离开。

哈　利

　　可是我愿意来……

　　　　但阿不思已经走了。德拉科·马尔福，衣袍考究，金色的马尾辫一丝不乱，从人群中走到哈利身边。

德拉科

　　我需要你帮个忙。

哈　利

　　德拉科。

德拉科

　　这些传言——关于我儿子的身世——好像并没有消失。霍格沃茨的其他学生都拿这事无情地取笑斯科皮——如果魔法部能发布一条声明,重申所有的时间转换器都在那场神秘事务司大战中被销毁……

哈　利

德拉科,就让这事逐渐被淡忘吧——传言很快就会消散的。

德拉科

我儿子正在遭罪,而且——阿斯托里亚最近身体不好——斯科皮需要尽可能多得到一些鼓励。

哈　利

如果你去理会那些流言蜚语,它们只会越传越凶。许多年来一直谣传伏地魔有个孩子,斯科皮不是第一个遭受非议的。魔法部不宜染指此事,这样对你、对我们大家都好。

　　德拉科皱起眉头,神情恼怒。舞台清空,罗丝和阿不思拎着箱子准备上车。

阿不思

火车一开,你就不用跟我说话了。

罗　丝

我知道。我们只需要在大人面前做做样子。

　　斯科皮跑上台——怀着大大的希望,拎着更大的箱子。

斯科皮(满怀希望)

嗨,罗丝。

罗　丝(果断地)

再见,阿不思。

斯科皮(仍然心存希望)

她有点松动了。

　　场景回到大礼堂里,麦格教授站在前面,脸上笑容灿烂。

第 一 部

麦格教授

> 我很高兴地宣布魁地奇队有了一位格兰芬多新队员,我们——(她突然意识到不能有偏心)你们出色的新追球手——罗丝·格兰杰-韦斯莱。

> 礼堂爆发出一片欢呼声,斯科皮跟大家一起鼓掌。

阿不思

> 你也为她鼓掌?我们都讨厌魁地奇,而且她是别的学院的球员。

斯科皮

> 她是你的表姐呀,阿不思。

阿不思

> 你觉得她会为我鼓掌吗?

斯科皮

> 我觉得她很棒。

> 场景转换,魔药课开始,学生们再次把阿不思围在中间。

波利·查普曼

> 阿不思·波特。不成气候的小人物。他上楼时,就连那些肖像都把脸转过去了。

> 阿不思俯身熬药。

阿不思

> 现在我们该添加——是双角兽的角吗?

卡尔·詹金斯

> 我说,你就别管他和伏地魔的孩子了。

阿不思

> 只要再放一点火蜥蜴的血……

> 魔药轰然爆炸。

第一幕　　第四场

斯科皮

　　好吧。什么成分能中和它？我们需要改变什么？

阿不思

　　改变一切。

　　　　话音未落，时间在继续——阿不思的眼神变得更阴郁，脸色变得更憔悴。他仍然是个帅气的男孩，但他决意不肯承认这点。

　　　　场景又回到 $9\frac{3}{4}$ 站台，他身边是他爸爸——哈利仍然试图说服儿子（和他自己）相信一切正常。他们俩又都增加了一岁。

哈　利

　　三年级了。重要的一年。这是你去霍格莫德村的许可证。

阿不思

　　我讨厌霍格莫德村。

哈　利

　　那地方你还一次都没去过呢，怎么就能讨厌呢？

阿不思

　　因为我知道那里肯定挤满了霍格沃茨的学生。

　　　　阿不思把纸揉成一团。

哈　利

　　试一试嘛——去吧——你有机会在蜂蜜公爵疯玩一把，不让你妈妈知道——不，阿不思，我不允许你这样。

阿不思（用魔杖一指）

　　火焰熊熊！

　　　　纸团突然着火，升起来飘过舞台。

第 一 部

哈 利

  竟然做出这种蠢事！

阿不思

  讽刺的是，我还以为不会有效呢。那个咒语我掌握得糟透了。

哈 利

  阿尔——阿不思，我一直在跟麦格教授用猫头鹰通信——她说你在孤立自己——上课不积极配合——脾气暴躁——你——

阿不思

  那你希望我怎么样？用魔法让自己变得受欢迎？念咒语把自己分到新的学院？给自己施个变形咒，变成一个好学生？要不你给我念个咒语吧，爸爸，把我变成你想要的样子，好吗？这样对我们俩都更有效。我得走了。要赶火车。要找朋友。

    阿不思朝斯科皮跑去，斯科皮坐在箱子上——对周围的世界一片漠然。

  （高兴地）斯科皮……

  （担忧地）斯科皮……你没事吧？

    斯科皮一言不发。阿不思试图读懂朋友的眼神。

  你妈妈？病情加重了？

斯科皮

  重得不能再重了。

    阿不思在斯科皮身旁坐下。

阿不思

  我还以为你会派猫头鹰……

斯科皮

  我想不出该说些什么。

阿不思

　　我现在也不知道该说什么……

斯科皮

　　什么也别说。

阿不思

　　有没有什么我能……

斯科皮

　　来参加葬礼吧。

阿不思

　　当然。

斯科皮

　　做我的好朋友。

　　　　场景转换，回到大礼堂，分院帽出现在舞台中央。

分院帽

　　你担心自己会听到的结果？

　　担心我会说出你害怕的学院？

　　不去斯莱特林！不去格兰芬多！

　　不去赫奇帕奇！不去拉文克劳！

　　别担心，孩子，我深谙此道，

　　即使你最初落泪，以后也会笑。

　　莉莉·波特。

　　格兰芬多！

莉　莉

　　太好了！

阿不思

　　真棒。

第 一 部

斯科皮

你真的以为她会到我们学院?波特家的人不属于斯莱特林。

阿不思

本人例外。

他想让自己融入周围的气氛、不被注意,其他学生哈哈大笑。他抬头看着大家。

这不是我选的,知道吗?我没有选择做他的儿子。

第一幕　第五场

魔法部，哈利的办公室

赫敏坐在哈利杂乱的办公室里，面前是成堆的文件。她慢慢地分拣文件，一边阅读、揣摩。哈利突然冲进来。他面颊上有一处擦伤，正在流血。赫敏抬起头，目光敏锐。

赫　敏
　　怎么样？
哈　利（微笑）
　　果然如此。
赫　敏
　　西奥多·诺特？
哈　利
　　被拘留了。
赫　敏
　　那时间转换器呢？
　　　　哈利拿出时间转换器。转换器发出诱人的亮光。赫敏见
　　　　状十分吃惊。
　　这是真的吗？管用吗？不是只能退回一小时——而是可以穿越到

第 一 部

更远的过去?

哈　利

我们还都一无所知。我本想当场试验,但是理智占了上风。

赫　敏

好,现在终于拿到了。

哈　利

你真的想留着它?

赫　敏

我认为我们没有别的选择。你仔细看看。它跟我以前那个时间转换器完全不一样。

哈　利（干巴巴地）

那会儿我们还是孩子,魔法界显然进步了。

赫　敏

你在流血。

　　哈利对着镜子检查自己的脸。他用袍子擦了擦伤口。

别担心,这跟那道伤疤倒比较般配。

哈　利（咧嘴一笑）

你在我的办公室做什么,赫敏?

赫　敏

我迫不及待想知道西奥多·诺特的消息——还想检查一下你是不是说到做到,把你的文件都处理好了。

哈　利

啊。结果发现我并没有。

赫　敏

是啊,没有。哈利,这么一个乱摊子,你还怎么能工作?

　　哈利一挥魔杖,文件和书本都变成了整整齐齐的几摞。

第 一 幕　　第五场

　　哈利笑了。

哈　利

不乱了。

赫　敏

但还是没处理。你知道这里面有几份很有意思的文件呢……山怪骑着角驼兽走过匈牙利，背上文着翅膀的巨人大摇大摆地穿越希腊海，狼人完全隐入了地下——

哈　利

太棒了，我们赶紧出发吧。我这就去召集团队。

赫　敏

哈利，我明白了。处理文件很枯燥……

哈　利

对你来说不枯燥。

赫　敏

我自己的文件都处理不过来。在历次重大巫师战争中，有许多人和动物跟伏地魔在一个阵营。这些是黑暗联盟。这点——再结合我们刚从西奥多·诺特那儿发掘的东西——就很能说明问题了。但是如果魔法法律执行司的司长不审阅文件——

哈　利

可是我不需要看文件——我在现场，亲耳听见了。西奥多·诺特的事——是我听到了关于时间转换器的流言，是我采取了行动。你真的没必要对我横加指责。

　　赫敏看着哈利——事情很棘手。

赫　敏

你想吃太妃糖吗？别告诉罗恩。

第 一 部

哈　利

你在转移话题。

赫　敏

没错。吃颗太妃糖？

哈　利

不能。我们目前戒糖了。

　　停顿。

你知道吗，吃那玩意儿会上瘾。

赫　敏

我能说什么呢？我父母都是牙科医生，我注定会在某个时间点叛逆一下。四十岁了，闹叛逆有点晚了，可是……（她笑吟吟地看着朋友）看，你刚才做了件精彩的事。我绝对没有责备你的意思——只是需要你偶尔看看你的文件，仅此而已。你就把这看成是魔法部部长的一点温婉的——（哈利皱起眉头）提醒吧。

　　哈利听出了她话里强调的意思，点点头。

金妮怎么样？阿不思怎么样？

哈　利

看来我当父亲跟我处理文件的水平差不多。罗丝好吗？雨果好吗？

赫　敏（咧嘴一笑）

知道吗，罗恩说，他认为我见我秘书艾瑟尔（朝远处示意）的时间比见他多。你说，是不是从某一刻开始，我们已经在做个好父母和做个好魔法部官员之间做出了选择？去吧。快回到你家人身边吧，哈利，新学年即将开始，霍格沃茨特快列车就要出发了——享受你仅有的时光吧——然后回到这里，头脑清醒，开始审阅这些文件。

哈　利

你真的认为这些文件都有意义？

第 一 幕　　第五场

赫　敏（微笑）

有可能呀。如果真有情况,我们就要想办法对付,哈利。向来如此。

她又笑了笑——把一颗太妃糖扔进嘴里,离开了办公室。

哈利独自留下。他收拾公文包。他走出办公室,走在走廊里,肩负着俗世的种种压力。

他疲惫地走进一个电话亭。他拨了号码62442。

电话亭

再见,哈利·波特。

他徐徐上升,离开了魔法部。

第一幕　第六场

哈利和金妮·波特的家中

阿不思难以入眠。他坐在楼梯顶上。他听见下面的说话声。哈利尚未现身，我们已听见他的声音。一位坐轮椅的年迈男人跟他在一起，是阿莫斯·迪戈里。

哈　利

　　阿莫斯，我理解，真的理解——但我才刚到家，而且——

阿莫斯

　　我试过预约去部里见你。他们说："啊，迪戈里先生，我们给您约在——让我看看，两个月之后。"我等着。非常耐心地等着。

哈　利

　　——结果就半夜三更跑到我家里来——我的孩子刚刚做好开学的准备——这样做不合适。

阿莫斯

　　两个月过去了，我收到猫头鹰送来的信，"迪戈里先生，非常抱歉，波特先生奉命执行紧急公务，我们不得不把计划稍作调整，您的预约能否改到——让我看看，两个月之后？"这种情况重复了一遍又一遍……你把我拒之门外。

第一幕　第六场

哈　利

　　当然没有。恐怕只是因为，我作为魔法法律执行司的司长，责任——

阿莫斯

　　你要对许多事情负责任。

哈　利

　　您说什么？

阿莫斯

　　我的儿子，塞德里克，你不会不记得塞德里克吧？

哈　利（想起塞德里克令他心痛）

　　记得，我记得您的儿子。他的过世——

阿莫斯

　　伏地魔当时想要的是你！不是我的儿子！你亲口告诉我的，他说的是"干掉碍事的"。碍事的。我的儿子，我的漂亮的儿子，是个碍事的。

哈　利

　　迪戈里先生，您知道，我对您纪念塞德里克的努力深表同情，可是——

阿莫斯

　　你说纪念？我对纪念不感兴趣——已经不再感兴趣。我是个老人了——垂垂老矣，行将就木——我来是为了请求你——恳求你　　帮我把他弄回来。

　　　　哈利抬起头，一脸惊愕。

哈　利

　　把他弄回来？阿莫斯，这是不可能的。

阿莫斯

　　部里有个时间转换器，是不是？

第 一 部

哈　利

时间转换器都被销毁了。

阿莫斯

我之所以这么急着来找你,是因为我刚听到传言——传得沸沸扬扬——说魔法部从西奥多·诺特手里缴获了一个非法的时间转换器,留在部里了,做调查用。让我用用那个时间转换器吧。让我把我的儿子弄回来吧。

　　一阵长长的、死一般的静默。哈利觉得局面十分棘手。
　　我们注意到阿不思凑近了些,凝神倾听。

哈　利

阿莫斯,您想摆弄时间?您知道我们不能那么做。

阿莫斯

有多少人为了大难不死的男孩而丧了命?我请求你救救其中的一个。

　　这话伤害了哈利。他思忖着,神色变得坚定。

哈　利

不管您听到了什么——西奥多·诺特的故事都是胡编乱造的。阿莫斯,我很遗憾。

戴尔菲

你好。

　　阿不思惊跳起来,戴尔菲——二十岁左右,带着让人摸
　　不透的坚定神情——突然出现,隔着楼梯看着他。

哦,对不起。我不是故意吓你。我自己以前也特别喜欢躲在楼梯上偷听。坐在那儿。等着别人说一句哪怕有一点点好玩的话。

阿不思

你是谁?这里好像是我的家,而……

38

戴尔菲

我当然是个小偷。我要把你的东西全偷走。快把你的金子、你的魔杖、你的巧克力蛙都交出来！（她一脸凶相，随即露出微笑。）如果不是小偷，那么我就是戴尔菲·迪戈里。（她走上楼梯，伸出一只手。）我是戴尔菲。我在照顾他——阿莫斯——怎么说呢，我尽力吧。（她指指阿莫斯。）你是……

阿不思（苦笑）

我是阿不思。

戴尔菲

知道啦！阿不思·波特！那么哈利是你的爸爸啦？有点神奇啊，是不是？

阿不思

也没什么。

戴尔菲

啊。难道我说错什么话了吗？当年在学校里他们就这么说我。戴尔菲·迪戈里，最爱打破砂锅问到底。

阿不思

他们也拿我的名字开各种玩笑。

停顿。戴尔菲仔细端详他。

阿莫斯

戴尔菲。

她动身离开，旋即又迟疑了。她朝阿不思微笑。

戴尔菲

亲人是没法选择的。阿莫斯不只是我的病人，还是我的叔叔，我多少也是为了这个原因，接受了上弗拉格莱的工作。可是这样一来，日子变得十分难熬。跟陷在往事里的人一起生活，实在是不容易，不是吗？

阿莫斯

戴尔菲！

阿不思

上弗拉格莱？

戴尔菲

就是圣奥斯瓦尔德巫师养老院。有空来看我们吧。如果你愿意。

阿莫斯

戴尔菲！

她微微一笑，轻快地走下楼梯。她走进阿莫斯和哈利所在的房间。阿不思注视着她。

戴尔菲

什么事，叔叔？

阿莫斯

见见这位曾经赫赫有名的、如今成了魔法部冷面官员的哈利·波特吧。我这就还你平静，先生。不知"平静"一词是否合适。戴尔菲，我的轮椅……

戴尔菲

好的，叔叔。

阿莫斯被推出房间。哈利留下来，神色凄楚。阿不思在一旁注视着，凝神思索。

第一幕　第七场

哈利和金妮·波特的家中，阿不思的房间

阿不思坐在床上，他门外的世界在变化。外面场景不断变换，他却一动不动。我们听见詹姆的一声吼叫（从远处传来）。

金　妮

詹姆，拜托，别理会你的头发了，快把那该死的房间收拾收拾……

詹　姆

我怎么可能不理会？粉红色！看来只能用上我的隐形衣了！

　　詹姆在门口出现，头发呈粉红色。

金　妮

你爸给你隐形衣不是做这个用的！

莉　莉

谁看见我的魔药课本了？

金　妮

莉莉·波特，你明天别想戴着这劳什子去学校……

　　莉莉出现在阿不思的门口。她背上戴着会扇动的仙女翅膀。

第 一 部

莉　莉

我喜欢。翅膀一扇一扇的。

> 她退下，哈利出现在阿不思的门口。他往里张望。

哈　利

嗨。

> 两人尴尬地冷场片刻。金妮出现在门口。她看到眼前的情形，停留了一会儿。

我是来给你送开学前的礼物——好几件礼物呢——这是罗恩送的……

阿不思

好吧，迷情剂。好吧。

哈　利

我想他是开玩笑吧——我也不清楚笑点在哪儿。莉莉得到了会放屁的地精，詹姆得到一把梳子，把他的头发变成了一种粉红色。罗恩——算了，罗恩就是罗恩，是不是？

> 哈利把阿不思的迷情剂放在他的床上。

我也——这是我送你的……

> 他拿出一条小毯子。金妮看着毯子——她看到哈利在努力，然后她悄悄走开了。

阿不思

一条旧毯子？

哈　利

今年送你什么，我考虑了很久。詹姆——是啊，詹姆老早就一直在念叨隐形衣了。莉莉——我知道她会喜欢翅膀的。可是你呢，你现在十四岁了，阿不思，我一直想送给你一件——一件蕴含深意的礼物。这——这是我妈妈留给我的最后一样东西。唯一的纪念物。我被送到德思礼家时就裹着它。我还以为它早就不在了，后来——你的佩妮姨婆死了，毯子藏在她的遗物里，达力意外地发现了它，好心地把它寄给了我，从那以后——是啊，每次我需要好运，就找到它，想把它抓在手里，我不知道你……

阿不思

是不是也想抓住它？可以。没问题。但愿它能给我带来好运。我确实需要一些好运。

  他摸了摸毯子。

可是你应该留着它的。

哈 利

我认为——我相信——佩妮姨妈希望我继承它，所以才一直把它留着，现在我希望你从我这儿继承它。我并不真正了解我的母亲——但我认为她肯定愿意让你得到它。也许我可以在万圣节前夜来找你——和它。我很想在他们忌日的夜里跟它在一起——那样我们俩都会感觉很好……

阿不思

听着，我还有许多东西要收拾，你呢，部里的工作肯定弄得你焦头烂额……

哈 利

阿不思，我希望你留下这条毯子。

阿不思

拿它做什么用？仙女翅膀还有点用，爸爸，隐形衣也不错——可是这个——怎么说呢？

  哈利有点伤心。他看着儿子，迫切渴望与他交流。

哈 利

需要帮忙吗？收拾行李。我以前最喜欢收拾行李了。因为这意味

第 一 部

着可以离开女贞路,回霍格沃茨去了。那可……好吧,我知道你不喜欢,但是……

阿不思

对你来说,那里是世界上最美妙的地方。我知道。可怜的孤儿,被德思礼家的姨妈姨父欺负——

哈 利

阿不思,拜托——我们能不能——

阿不思

——受到达力表哥的虐待,被霍格沃茨拯救。这些我都知道,爸爸。诸如此类,等等等等。

哈 利

我才不会被你激怒呢,阿不思·波特。

阿不思

可怜的孤儿,继续拯救我们大家——可以这么说吧——为了整个巫师界的利益。对你的英勇无畏,我们多么感恩不尽啊。我们是应该鞠躬,还是应该行个屈膝礼呢?

哈 利

阿不思,拜托——你知道,我从来不需要别人的感谢。

阿不思

可是此刻我的内心充满感激——肯定是这份仁慈的礼物,这条发霉的毯子闹的……

哈 利

发霉的毯子?

阿不思

你以为会出现什么情景?我们拥抱。我对你说我一直爱你。什么?什么?

第一幕　第七场

哈　利（终于忍不住发火）

你知道吗？我受够了必须为你的不开心负责。你至少还有个爸爸。而我没有，知道吗？

阿不思

你认为那是不幸吗？我不认为。

哈　利

你希望我死了？

阿不思

不！我只是希望你不是我爸爸。

哈　利（勃然大怒）

好吧，有时候我也希望你不是我儿子。

　　沉默。阿不思点点头。停顿。哈利意识到自己说了什么。

不，我不是真的那么想……

阿不思

没错，你就是那么想的。

哈　利

阿不思，你太知道怎么把我逼急了……

阿不思

你就是那么想的，爸爸。其实，说句实话，我并不怪你。

　　可怕的静默。

现在你可以别再来烦我了。

哈　利

阿不思，拜托……

　　阿不思捡起毯子扔了出去。毯子撞到了罗恩送的迷情剂，药水洒在毯子上和床上，冒出一股烟。

第 一 部

阿不思

　　好了，对我来说，没好运也没爱情了。

　　　　阿不思跑出房间。哈利追了出去。

哈　利

　　阿不思。阿不思……请你……

第一幕　第八场

梦境，岩石上的小屋

轰隆一声巨响。撞击声震耳欲聋。达力·德思礼、佩妮姨妈和弗农姨父瑟缩在一张床下。

达力·德思礼
　　妈妈，我害怕。
佩妮姨妈
　　我就知道我们上这儿来是个错误。弗农。弗农。我们根本没地方躲藏。连一座够远的灯塔都没有！
　　又是**轰隆**一声巨响。
弗农姨父
　　稳住。稳住。不管那是什么，我都不会让它进来的。
佩妮姨妈
　　我们被诅咒了！他诅咒了我们！那个男孩诅咒了我们！（看见小时候的哈利。）这一切都怪你。滚回你的窝里去。
　　弗农姨父把枪一举，小哈利退缩了一下。
弗农姨父
　　那谁，我警告你——我有武器。

第 一 部

> 一阵惊天动地的粉碎声。门从合页上脱落下来。海格站在门框中间。他看着他们几个。

海　格

能给我们来杯热茶吗？跑这么一趟可真不容易。

达力·德思礼

你—看—他。

弗农姨父

退后。退后。躲在我后面，佩妮。躲在我后面，达力。我这就把这个虚张声势的家伙赶走。

海　格

虚张啥子？（他一把抓起弗农姨父的枪。）有一阵子没见过这玩意儿了。（他把枪管一拧，打了个结。）没事儿啦。（然后他的注意力被吸引，他看见了小哈利。）哈利·波特。

小哈利

你好。

海　格

我上次看见你，你还是个小娃娃。你长得很像你爸爸，可眼睛像你妈妈。

小哈利

你认识我爸爸妈妈？

海　格

我有点失礼了。祝你生日非常愉快。给你带了点儿东西——可能什么地方被我压坏了，但味道应该不赖。

> 他从大衣里掏出一个微微有点压扁的巧克力蛋糕，上面用绿色糖汁写着"哈利生日快乐"。

第一幕　第八场

小哈利

　　你是谁？

海　格（朗声大笑）

　　真的，我还没有介绍自己。鲁伯·海格，霍格沃茨的钥匙保管员和场地管理员。（他环顾四周。）喂，茶怎么样了？如果你有比茶更够劲儿的东西，我也不反对。

小哈利

　　霍格什么？

海　格

　　霍格沃茨。你肯定知道霍格沃茨。

小哈利

　　唔——不知道。对不起。

海　格

　　对不起？说对不起的应该是他们！我知道你没有收到那些信，但是我万万没有想到你竟然不知道霍格沃茨，搞的什么名堂！难道你从来没想过你父母是从哪儿学到那一切的吗？

小哈利

　　学到什么？

　　　　海格气势汹汹地转向弗农姨父。

海　格

　　你们的意思是想告诉我，这孩子——这孩子！——什么都不知道——对**什么都不知道**吗？

弗农姨父

　　我不许你再告诉这孩子任何别的事！

小哈利

　　告诉我什么？

49

第 一 部

海格看着弗农姨父，然后又看着小哈利。

海　格

哈利——你是个巫师——你改变了一切。你是全世界最有名的巫师。

就在这时，从剧场后方传出萦绕在每个人耳际的低语，说话的那个声音，毫无疑问是伏地魔的声音……

哈——利·波——特……

第一幕　第九场

哈利和金妮·波特的家中，卧室

哈利突然醒来。在夜里大口喘气。
他等了片刻。让自己平静。然后他感觉到额头上的伤疤剧痛难忍。黑魔法在他周围活动。

金　妮
　　哈利……

哈　利
　　没事。接着睡吧。

金　妮
　　荧光闪烁。

　　　　房间被她魔杖的光照亮。哈利看着她。
　　做噩梦了？

哈　利
　　嗯。

金　妮
　　梦到了什么？

第 一 部

哈　利

德思礼一家——一开始是——后来变成了别的。

　　　停顿。金妮看着他——想弄清他身在何处。

金　妮

你想来点安眠药剂吗？

哈　利

不用。我没事了。快接着睡吧。

金　妮

你看上去不大好。

　　　哈利什么也没说。

（看出他的焦虑。）肯定很不容易——跟阿莫斯·迪戈里打交道。

哈　利

愤怒的情绪我倒能应付，关键是他说得对，这让我很难放得下。阿莫斯是因为我才失去了儿子——

金　妮

这么说对你自己似乎不太公平。

哈　利

——而我无话可说——对任何人都无话可说——怎么说都是错。

　　　金妮知道他指的是什么事——更准确地说，是什么人。

金　妮

所以这就是让你心绪难宁的事？如果不想去霍格沃茨，上学的前一夜总是比较难熬。把毯子给阿尔。这是个很好的尝试。

哈　利

事情就从那儿变得不可收拾的。我说了不该说的话，金妮……

金　妮

我听见了。

第一幕　第九场

哈　利
　　但你还愿意跟我说话？

金　妮
　　因为我知道，当时机合适时，你会道歉的。你会说你心里并不那么想。你会说，你的话里隐藏了——其他东西。你可以对他坦诚相待，哈利……那才是他需要的。

哈　利
　　我希望他能像詹姆或莉莉一点就好了。

金　妮（干巴巴地）
　　噢，也许并不能那样实话实说。

哈　利
　　不，我并不想改变他任何东西……但我能够理解另外两个，却……

金　妮
　　阿不思不一样，这不也是一件好事吗？他能看出——你知道的——当你摆出那副哈利·波特的样子时，他能一眼看穿。他想看到真实的你。

哈　利
　　"真相是一种美丽而可怕的东西，需要格外谨慎地对待。"
　　　　金妮看着他，一脸惊讶。
　　邓布利多说的。

金　妮
　　真奇怪，他跟一个孩子说这样的话。

哈　利
　　如果你相信那个孩子要为拯救世界而死，就不奇怪了。
　　　　哈利又大口喘气——拼命忍着不去摸自己的额头。

第 一 部

金　妮

　　哈利，怎么回事？

哈　利

　　没事。我很好。我听到你的话了。我会努力去——

金　妮

　　你的伤疤疼了？

哈　利

　　没有。没有。我没事。好了，把魔杖熄了，我们再睡会儿吧。

金　妮

　　哈利，你的伤疤多久没有疼过了？

　　　　哈利转向金妮，他的表情说明了一切。

哈　利

　　二十二年。

第一幕　第十场

霍格沃茨特快列车

阿不思在拥挤嘈杂的火车里快步行走。他低着头，避免引起别人注意。

罗　丝

　　阿不思，我一直在找你……

阿不思

　　找我？为什么？

　　　　罗丝不能确定自己该怎么措辞。

罗　丝

　　阿不思，四年级要开始了，对我们来说这是全新的一年。我希望我们能重新做朋友。

阿不思

　　我们从来都不是朋友。

罗　丝

　　这话说得好伤人！我六岁时你就是我最好的朋友了！

阿不思

　　那是很久以前的事了。

　　　　他想动身走开，罗丝把他拉进了一间空包厢。

第 一 部

罗　丝

你听到传言了吗？几天前部里搞了一次大突袭。你爸爸好像表现得特别勇敢。

阿不思

你怎么总是知道这些事情，而我不知道？

罗　丝

看样子，他——就是他们突袭查抄的那个人——好像是叫西奥多·诺特——私藏了各种各样的东西，都违反了各种各样的法律，包括——这把他们都弄得很兴奋——一个非法的时间转换器。而且还是非常高级的一款呢。

　　阿不思看着罗丝，一切都清楚了。

阿不思

时间转换器？我爸爸找到了一个时间转换器？

罗　丝

嘘！是的。我知道。太棒了，是不是？

阿不思

你能确定？

罗　丝

百分之百确定。

阿不思

现在我得去找斯科皮了。

　　他顺着火车往前走。罗丝跟在后面，仍然决定把自己的想法说出来。

罗　丝

阿不思！

　　阿不思断然转过身。

第一幕　第十场

阿不思

　　谁跟你说你必须找我说话的？

罗　丝（惊愕）

　　好吧，也许你妈妈给我爸爸发过猫头鹰邮件——但那只是因为她为你担心。依我看——

阿不思

　　让我静静吧，罗丝。

　　　　斯科皮坐在他惯常的包厢里。阿不思先走进去，罗丝仍然尾随其后。

斯科皮

　　阿不思！哦，你好，罗丝，你身上是什么味儿？

罗　丝

　　我有什么味儿？

斯科皮

　　不，我的意思是怪好闻的。你闻上去像鲜花混合着新鲜——面包。

罗　丝

　　阿不思，你可以随时来找我，好吗？如果你需要我。

斯科皮（拼命想办法解释）

　　我指的是漂亮面包，优质面包，面包……面包有什么不对吗？

　　　　罗丝摇着头走开了。

罗　丝

　　面包有什么不对！

阿不思

　　我一直在到处找你……

斯科皮

　　现在你找到我了。哇啊！我并没有躲着藏着。你知道我喜欢……

第 一 部

早上车。免得被别人盯着看。怪喊怪叫。在我的箱子上写"伏地魔之子"。这一套永远玩不腻。她真的不喜欢我,是吗?

　　阿不思拥抱朋友。情绪热烈。他们定格一拍。斯科皮为此感到惊讶。

好了。嘿。嗯。我们以前拥抱过吗?我们会拥抱吗?

　　两个男孩尴尬地分开。

阿不思

只是刚经历了诡异的二十四小时。

斯科皮

其间发生了什么?

阿不思

待会儿再向你解释。我们必须离开火车。

　　远处传来汽笛声。火车开动。

斯科皮

来不及了。火车已经开了。霍格沃茨,哟嗬!

阿不思

那我们就只能跳车了。

售货女巫

亲爱的,想要推车上的东西吗?

　　阿不思打开一扇车窗,想爬出去。

斯科皮

这可是一辆正在移动的魔法火车。

售货女巫

南瓜馅饼?坩埚蛋糕?

斯科皮

阿不思·西弗勒斯·波特,别露出那种奇怪的眼神。

第一幕　第十场

阿不思

　　第一个问题。关于三强争霸赛你了解什么？

斯科皮（高兴）

　　哦嗬，小测验！三所学校挑选三位勇士，参加三个项目的比赛，争夺一个奖杯。这事儿跟我们有关系吗？

阿不思

　　你真是一个超级学霸，知道吗？

斯科皮

　　嗯哼。

阿不思

　　第二个问题。为什么三强争霸赛二十多年没再举办？

斯科皮

　　最后一场比赛包括你爸爸和一个名叫塞德里克·迪戈里的男生——他们决定同时获胜，没想到奖杯是个门钥匙——他们被送到了伏地魔那儿。塞德里克遇害了。之后人们取消了比赛。

阿不思

　　很好。第三个问题。塞德里克非死不可吗？简单问题，简单回答：不。伏地魔当时说的话是"干掉碍事的"。碍事的。他之所以死，是因为跟我爸爸在一起，而我爸爸救不了他——但我们可以救他。曾经有过一个错误，我们要把它纠正过来。我们要用一个时间转换器。我们要把他救回来。

斯科皮

　　阿不思，出于很明显的原因，我对时间转换器不是很感兴趣……

阿不思

　　当阿莫斯·迪戈里要求拿到时间转换器时，我爸爸一口否认它们的存在。他欺骗一个老人，而老人只是想让自己的儿子回来——

只是爱自己的儿子。我爸爸这么做是因为他根本不在乎……因为他到现在也不在乎。大家都在谈论爸爸做过的那些英勇壮举。但是他也犯过一些错误。实际上有的错误非常严重。我想把其中一个错误纠正过来。我希望我们去救回塞德里克。

斯科皮

我说，你的脑子不管是什么做的，现在都好像坏掉了。

阿不思

我要去做这件事，斯科皮。我需要去做这件事。你跟我一样清楚，如果你不跟我一起去，我肯定会彻底搞砸的。走吧。

> 他咧嘴一笑。接着突然消失。斯科皮迟疑了片刻。他做了个鬼脸。但是他知道自己必须做什么——将要做什么——他随即引体向上，跟着阿不思消失了。

第一幕　第十一场

霍格沃茨特快列车，车顶上

风从四面八方吹来，是凌厉的狂风。神情坚毅的阿不思和脸色苍白的斯科皮站在一列火车的车顶上。

斯科皮

　　好吧，现在我们到了火车顶上，速度很快，很吓人，非常过瘾，我感觉对自己有了很多了解，对你也有了一些了解，但是——

阿不思

　　根据我的计算，我们应该很快就靠近高架桥了，从那儿再走不远，就是圣奥斯瓦尔德巫师养老院……

斯科皮

　　你说什么？哪儿？听我说，我跟你一样兴奋，这辈子第一次做了件叛逆的事——哇——爬到了车顶上——好玩儿——可是现在——哦。

　　　斯科皮看到了他不想看见的东西。

阿不思

　　如果我们的减震咒不起作用的话，水也能起到特别好的缓冲作用。

斯科皮

　　阿不思。售货女巫。

第 一 部

阿不思

你想买份零嘴儿路上吃？

斯科皮

不。阿不思。售货女巫正朝我们走来呢。

阿不思

不。这不可能，我们在火车顶上呢……

斯科皮给阿不思指点方向，现在阿不思看见了售货女巫，她正一脸漠然地走来。推着她的手推车。

售货女巫

亲爱的,想要推车上的东西吗？南瓜馅饼？巧克力蛙？坩埚蛋糕?

阿不思

哦。

售货女巫

人们对我不太了解。他们买我的坩埚蛋糕——但从来没有真正注意过我。我不记得上次有人问我名字是什么时候了。

阿不思

你叫什么名字？

售货女巫

我忘了。我能告诉你们的，就是霍格沃茨特快列车刚出现时——奥塔莱恩·甘伯亲自把这份工作交给了我——

斯科皮

那是——一百九十年前了。一百九十来年,你一直在做这份工作？

售货女巫

这双手做过六百多万个南瓜馅饼，已经做得得心应手。但是人们没注意到，我的南瓜馅饼多么容易变成别的东西……

她拿起一个南瓜馅饼，像扔手榴弹一样把它扔出去。馅

第一幕　第十一场

饼爆炸了。

而且，我用我的巧克力蛙能做的事，你们肯定不会相信。我从来没有，从来没有，让任何人在到达目的地之前离开过这列火车。有人尝试过——小天狼星布莱克跟他那帮死党，还有弗雷德和乔治·韦斯莱。**统统失败。因为这列火车——它不喜欢有人跳车……**

售货女巫的双手变形为非常锋利的长钉。她面露微笑。

所以，请你们回到座位上，完成余下的旅程。

阿不思

你说得对，斯科皮。这列火车确实有魔法。

斯科皮

在这种时刻，我说得对并没什么值得高兴的。

阿不思

但我说得也对——关于高架桥——下面是水，我们该试试减震咒。

斯科皮

阿不思，这主意不怎么样。

阿不思

是吗？（他迟疑了片刻，接着意识到已没有时间犹豫。）来不及了。三、二、一。缓缓落坠！

他念咒的同时纵身跃起。

斯科皮

阿不思……阿不思……

他焦急地低头追寻朋友的身影。他看着一步步走近的售货女巫。女巫的头发随风乱舞。她的尖爪特别锋利。

好吧，你看上去显然很好玩，但我得去找我的朋友了。

他一捏鼻子，跟着阿不思跳了下去，同时嘴里念出咒语。

缓缓落坠！

第一幕　第十二场

魔法部，大会议室

舞台上挤满了男女巫师。他们像所有真正的男女巫师一样叽叽喳喳，交头接耳。其中有金妮、德拉科和罗恩。高处的台子上站着赫敏和哈利。

赫　敏

肃静。肃静。我需要用魔法让大家安静吗？（她用魔杖让人们安静下来。）很好。欢迎来到这次特别全体大会。我很高兴你们这么多人都能来参加。许多年来，巫师界一直风平浪静。二十二年前，我们在霍格沃茨战役中打败了伏地魔，我很欣慰地说，新一代巫师在成长中只见识过一些微不足道的冲突。可是现在……哈利，你接着说？

哈　利

伏地魔的同盟在这几个月似乎蠢蠢欲动。我们跟踪到正在穿越欧洲大陆的巨怪，开始漂洋过海的巨人，还有狼人——唉，说来遗憾，几个星期前我们失去了狼人的踪迹。不知道他们去了哪里，也不知道是谁怂恿他们行动的——但我们意识到他们在活动——很担心这其中意味着什么。因此我们想问大家——有谁看见过什么吗？感觉到什么吗？只要举起魔杖，就可以发言。麦格教授——谢谢。

第一幕　第十二场

麦格教授

我们过完暑假回来，发现魔药储藏柜好像被人动过，但丢失的药材并不多，只是一些非洲树蛇皮和草蛉，都不是登记在册的禁药。我们怀疑是皮皮鬼干的。

赫　敏

谢谢你，教授。我们会调查的。（她环顾整个会议室。）还有谁发言？很好，还有——最严峻的是——这是伏地魔时代之后从未有过的事——哈利的伤疤又开始疼了。

德拉科

伏地魔死了，伏地魔已经没了。

赫　敏

是的，德拉科，伏地魔死了，但是所有这些迹象都使我们想到，伏地魔——或伏地魔的一些踪迹——可能又回来了。

　　一石激起千层浪。

哈　利

虽然有点勉为其难，但我们必须问一问，以便澄清。在场各位带有黑魔标记的……你们感觉到什么吗？哪怕一点点刺痛？

德拉科

难道我们又开始歧视那些带黑魔标记的人了吗，波特？

赫　敏

不，德拉科。哈利只是想——

德拉科

你知道这是为什么吗？哈利又想在报纸上抛头露面了。我们每年必有一次在《预言家日报》上看到传言，说伏地魔又回来了——

哈　利

那些传言都不是从我嘴里出去的！

第 一 部

德拉科

真的吗？你老婆不是《预言家日报》的编辑吗？

> 金妮冲到他面前，怒气冲冲。

金 妮

是体育版！

赫 敏

德拉科。哈利将此事提请部里注意……我作为魔法部部长——

德拉科

你能当选只是因为你是他的朋友。

> 罗恩作势扑向德拉科，被金妮拉住。

罗 恩

你想被打掉大牙吗？

德拉科

面对现实吧——他的名望镇住了你们大家。要想让大家再次念叨波特的名字，有什么办法比（他模仿哈利）"我的伤疤又疼了，我的伤疤又疼了"更有效呢？你们知道这一切意味着什么吗——意味着嚼舌头的人又有机会诽谤我的儿子，传播那些荒唐的谣言，质疑他的父母是谁了。

哈 利

德拉科，谁也没说这件事跟斯科皮有任何关系……

德拉科

好吧，就我来说，我认为这次会议是在忽悠。我告辞了。

> 他扬长而去。其他人也跟着陆续散去。

赫 敏

不。这样不行……回来。我们需要商讨策略。

第一幕　第十三场

圣奥斯瓦尔德巫师养老院

这是混乱。这是魔法。这是圣奥斯瓦尔德巫师养老院，它的奇妙程度一定不负你所望。

齐默助行架被注入了生命，织毛衣的毛线被变成一团乱麻，男护士被施了魔法跳起了探戈。

这些人卸下了必须合理使用魔法的压力——是的，这些男女巫师用魔法纯粹是为了好玩儿。他们玩得真开心啊。

阿不思和斯科皮走进来，打量着周围，被深深吸引，同时——让我们实话实说——也感到有点害怕。

阿不思和斯科皮

嗯，请问……打听一下。**请问！**

斯科皮

我说，这地方简直是疯了。

阿不思

我们在找阿莫斯·迪戈里。

突然一片死寂。一切都在刹那间凝固。气氛有点阴郁。

第 一 部

织毛线的女人

　　你们这两个孩子,找那个倒霉的老家伙做什么?

　　戴尔菲笑容可掬地出现了。

戴尔菲

　　阿不思?阿不思!你来了?太棒了!过来,跟阿莫斯打个招呼!

第一幕　第十四场

圣奥斯瓦尔德巫师养老院，阿莫斯的房间

阿莫斯看着斯科皮和阿不思，神情恼怒。戴尔菲注视着他们三个。

阿莫斯

　　我们把这事儿说明白了吧。你偷听了一段对话——一段你不应该偷听的对话——然后你就决定，不打招呼地——实际上是擅自地——干涉别人的事情，而且不是一般的干涉。

阿不思

　　我爸爸没有对你说实话——我知道——他们其实有一个时间转换器。

阿莫斯

　　他们当然有。好了，现在你们可以走了。

阿不思

　　什么？不。我们是来这儿帮助你的。

阿莫斯

　　帮助我？两个乳臭未干的毛孩子能对我有什么用？

阿不思

　　我爸爸就向你证明了用不着到长大成人才能改变巫师世界。

第 一 部

阿莫斯

　　这么说，就因为你是波特家的孩子，我就应该允许你擅自插手？依靠你那大名鼎鼎的姓氏，是吗？

阿不思

　　不！

阿莫斯

　　身为波特家的孩子，却进了斯莱特林学院——没错，我读到过你的消息——还带了一个马尔福家的人来见我——这个马尔福没准应该姓伏地魔？谁能说得清你们跟黑魔法有没有关系？

阿不思

　　可是——

阿莫斯

　　你们的消息早已众所周知，但你们的话还是有点价值。你爸爸确实说了谎话。现在走吧。你们俩。别再浪费我的时间了。

阿不思（带着力量和激情）

　　不，你需要听我把话说完，你曾亲口说过——我爸爸手上沾了多少血。让我帮你改变这个看法。让我帮着纠正他的一个错误。请相信我。

阿莫斯（提高了嗓音）

　　你没听见我的话吗，小子？我没理由相信你。走吧。快走吧。别让我逼你离开。

　　　　他恶狠狠地举起魔杖。阿不思看着魔杖——他泄了
　　　　气——阿莫斯挫败了他的士气。

斯科皮

　　撤吧，伙计，有一件事咱们还是拎得清的：知道自己在哪儿不招待见。

第一幕　第十四场

>　　阿不思不愿意离开。斯科皮抓住他的胳膊。他转过身，
>　　两人离开。

戴尔菲

我认为你有一个理由应该相信他们，叔叔。

>　　他们停住脚步。

他们是唯一主动提出帮助的。他们准备勇敢地冒着自己的生命危险，把你的儿子送回到你身边。实际上，我相信他们上这儿来就冒了天大的风险……

阿莫斯

可这事关塞德里克……

戴尔菲

而且——你自己不是也说过——在霍格沃茨内部有人，可以带来巨大的优势吗？

>　　戴尔菲亲吻阿莫斯的头顶。阿莫斯看着戴尔菲，然后转
>　　脸看着两个男孩。

阿莫斯

为什么？你们为什么要把自己置于危险中？这对你们有什么好处？

阿不思

我知道做一个"碍事的"是什么滋味。你的儿子不应该被杀害，迪戈里先生。我们可以帮助你把他找回来。

阿莫斯（终于表露出情感）

我的儿子——我的儿子是我这辈子最宝贵的财富——你说得对，这是一种不公——极大的不公——如果你们是认真的……

阿不思

我们绝对是认真的。

第 一 部

阿莫斯

这件事非常危险。

阿不思

我们知道。

斯科皮

我们真的知道吗?

阿莫斯

戴尔菲——也许你准备跟他们一起行动?

戴尔菲

没问题,只要你能开心,叔叔。

> 她朝阿不思微笑,他也报以微笑。

阿莫斯

你们要明白,就连把时间转换器弄到手也要冒生命危险。

阿不思

我们准备好了去冒生命危险。

斯科皮

我们真的准备好了吗?

阿莫斯(严肃地)

希望你们真的有勇气。

第一幕　第十五场

哈利和金妮·波特的家中，厨房

哈利、罗恩、赫敏和金妮同桌就餐。

赫　敏

我跟德拉科说了一遍又一遍——部里没有任何人说过关于斯科皮的任何话。谣言不是从我们这儿传出去的。

金　妮

我给他写过信——在他痛失阿斯托里亚之后——问有没有需要我们做的。我想，说不定——因为斯科皮跟阿不思是这么好的朋友——说不定他愿意在圣诞节期间过来住一住，或者……结果我的猫头鹰带回来一封信，上面只有一句话："叫你丈夫彻底推翻关于我儿子的那些无稽之谈。"

赫　敏

他着魔了。

金　妮

他一团糟——令人痛心。

罗　恩

我为他失去妻子感到遗憾，可是当他指责赫敏……唉……（他望

第 一 部

着对面的哈利）其实，说实在的，就像我一直跟她说的，可能什么事儿也没有。

赫　敏

她？

罗　恩

巨怪们可能是去参加派对，巨人们可能是去参加婚礼；你开始做噩梦可能是因为在替阿不思担心；你的伤疤疼，说不定是因为你上岁数了。

哈　利

上岁数？谢了，伙计。

罗　恩

不瞒你说，我现在每次坐下来，都会发出"哎哟"一声。"哎哟"一声。我的脚——我的两只脚遭的那份罪——我的两只脚带给我的疼痛，简直可以写好几首歌了——没准儿你的伤疤也是这么回事。

金　妮

你在胡说八道。

罗　恩

我认为胡说是我的特长。再加上我的速效逃课糖系列。还有我对你们大家的爱。甚至包括瘦子金妮。

金　妮

罗恩·韦斯莱，你要再不放规矩点儿，我就去告诉妈妈。

罗　恩

千万别。

赫　敏

如果伏地魔的某一部分存活下来，不管是以何种形式，我们都需

第一幕　第十五场

要做好准备。我很害怕。

金　妮

我也很害怕。

罗　恩

没什么能吓住我，除了妈妈。

赫　敏

我说到做到，哈利，在这件事上我不会做康奈利·福吉。我不会像鸵鸟那样把脑袋埋进沙里。我也不在乎这会使德拉科·马尔福多么讨厌我。

罗　恩

你其实一直都不怎么招人喜欢，是不是？

> 赫敏凶狠地瞪了罗恩一眼，伸手去打他，但罗恩跳起来躲开了。

没打着。

> 金妮痛打罗恩。罗恩疼得龇牙咧嘴。

打中了。下手真狠。

> 突然一只猫头鹰在房间里出现。它俯冲下来，把一封信丢在哈利的盘子里。

赫　敏

猫头鹰这会儿送信，是不是有点晚啊？

> 哈利把信拆开。面露惊讶。

哈　利

是麦格教授寄来的。

金　妮

上面说了什么？

> 哈利脸色一沉。

第 一 部

哈 利

　　金妮，是阿不思——阿不思和斯科皮——他们没有去学校。他们失踪了！

第一幕　第十六场

怀特霍尔街，地窖

斯科皮斜眼看着一个瓶子，阿不思和戴尔菲站在他两边。

斯科皮

也就是说，我们只要喝下这个？

阿不思

斯科皮，难道真的需要我给你解释复方汤剂的功效吗——你可是学霸和魔药专家啊！感谢戴尔菲出色的准备工作，我们要喝下这服汤剂，给自己变形，这样伪装以后就能混进魔法部了。

斯科皮

好吧，两个问题。第一，疼吗？

戴尔菲

很疼——据我的了解。

斯科皮

谢谢。很高兴得知这点。第二个问题——你们俩有谁知道复方汤剂是什么味道？因为我听说它有一股鱼味儿，如果真是这样，我肯定会把它全吐出来。我受不了鱼的味道。从来如此。以后也是。

第 一 部

戴尔菲

多谢提醒。(她深吸一口气,把魔药一饮而尽。)**没有鱼味。**(她开始变形,过程很痛苦。)说实在的味道还不错呢,嗯嗯。疼是很疼,不过……(她打了个嗝,声音很响。)我收回刚才的话。确实有一点儿——淡淡的——(她又打了个嗝,变成了赫敏。)淡淡的——无法抵抗的——鱼的残腥味儿。

阿不思

好吧,那就——哇!

斯科皮

哇!哇!

戴尔菲 / 赫敏

我真的没感觉到——我说话声音也像她了!哇!哇!哇!

阿不思

好吧。接下来该我了。

斯科皮

不。没门儿,伙计。既然要做这事,我们就(他笑眯眯地戴上一副看着很熟悉的眼镜)一起来。

阿不思

三、二、一。

他们把药水吞了下去。

不,感觉还好(他疼痛难忍)。没那么好了。

他们俩都开始变形,过程很痛苦。

阿不思变成了罗恩,斯科皮变成了哈利。

两人互相看着对方。沉默。

阿不思 / 罗恩

感觉有点儿诡异啊,是不是?

第一幕　第十六场

斯科皮/哈利（充满戏剧感——他完全陶醉其中）

　　回你的房间去。赶快回你的房间去。你真是个糟透了的、没出息的儿子。

阿不思/罗恩（大笑）

　　斯科皮……

斯科皮/哈利（把长袍一甩，披在肩头）

　　这可是你的主意——我变成他，你变成罗恩！我只想享受一点乐趣，然后我就……（他开始大声打嗝。）好吧，我承认这感觉难受极了。

阿不思/罗恩

　　知道吗，罗恩舅舅掩饰得很好，但他是真的有点肚腩了。

戴尔菲/赫敏

　　我们该走了——你们说呢？

　　　　他们来到街上。他们走进一个电话亭。他们拨了 62442。

电话亭

　　欢迎，哈利·波特。欢迎，赫敏·格兰杰。欢迎，罗恩·韦斯莱。

　　　　他们面露微笑，电话亭隐入地面消失。

第一幕　第十七场

魔法部，会议室

哈利、赫敏、金妮和德拉科在小房间里踱来踱去。四个人都忧心忡忡，满脸憔悴。

德拉科

有没有在铁路沿线彻底搜查？

哈　利

我的部门已经搜查过一遍，正在第二次搜查。

德拉科

售货女巫也没能告诉我们任何有用的情报？

赫　敏

售货女巫火冒三丈。她不停地说让奥塔莱恩·甘伯失望了。她一直为接送霍格沃茨学生的良好记录感到骄傲。

金　妮

麻瓜们有没有报告什么魔法事件？

赫　敏

暂时没有。我已经告知麻瓜首相，他正在备案失踪人口。"失踪人口"听起来像个咒语。其实不是。

第一幕　第十七场

德拉科

怎么，现在要依靠麻瓜来寻找我们的孩子吗？我们有没有把哈利伤疤的事也告诉他们？

  赫敏想打破正在形成的气氛。

赫　敏

我们只是请麻瓜们帮助寻找。天知道哈利的伤疤与此有什么关系，但这件事非同小可，我们在严肃对待。我们的傲罗目前正在调查所有跟黑魔法有关的人，而且——

德拉科

这事儿跟食死徒没关系。

赫　敏

我恐怕没有你那么自信……

德拉科

我不是自信，我是言之有理。眼下在追随黑魔法的那帮傻瓜，我儿子姓马尔福，绑架者不会有这个胆量。

哈　利

除非事情另有蹊跷，有什么事——

金　妮

我同意德拉科的话——如果这是一起绑架案——绑走阿不思我能理解，但把他们俩都绑走……

  哈利盯着金妮，她想让他说什么已经很明显了。

德拉科

我虽然一直努力在给斯科皮灌输种种观念，但他是个跟随者，不是领头者。毫无疑问，是阿不思把他从火车上弄下去的。我的问题是，他把他带到哪儿去了？

81

第 一 部

金　妮

哈利，他们是逃走了，你和我都知道。

> 德拉科注意到这对夫妻面面相觑。他知道他们正用眼神交流着什么。

德拉科

是吗？你们知道？你们有什么话瞒着我们？

> 沉默。

不管你们在隐瞒什么，我奉劝你们赶紧把它说出来。

哈　利

我和阿不思吵架了，就在前天。

德拉科

然后呢？

> 哈利迟疑着，然后勇敢地与德拉科对视。

哈　利

我对他说，我有时候希望他不是我儿子。

> 又是沉默。沉重的、深深的沉默。然后德拉科气势汹汹地朝哈利跨了一步。

德拉科

如果斯科皮有什么闪失……

> 金妮上前挡在德拉科和哈利之间。

金　妮

不要到处放狠话，德拉科，拜托别这么做。

德拉科（咆哮）

我儿子失踪了！

金　妮（同样咆哮）

我儿子也失踪了！

第一幕　第十七场

　　　　他迎住她的目光。房间里的情绪一触即发。

德拉科（嘴唇扭曲，像极了他的父亲）

　　如果你们需要金币……需要马尔福家的一切……他是我唯一的孩子……他是我——唯一的亲人。

赫　敏

　　部里有充足的储备，谢谢你，德拉科。

　　　　德拉科意欲离开。他停住脚步。他看着哈利。

德拉科

　　我不管你做过什么事，救过什么人，你一直都是我们全家的灾星，哈利·波特。

第一幕　第十八场

魔法部，走廊

斯科皮 / 哈利

你确定是在那里面？

　　一名警卫走过。斯科皮 / 哈利和戴尔菲 / 赫敏赶紧装模作样。

是的，部长，我确实认为这件事部里应该慎重考虑，是的。

警卫（点点头）

部长好。

戴尔菲 / 赫敏

我们一起研究吧。

　　警卫往前去了，他们如释重负地舒了口气。

我叔叔出主意使用吐真剂——我们把它偷偷加进了一位来访的魔法部官员的饮料里。他告诉我们，时间转换器已被收藏，甚至还告诉我们藏在了哪里——就在魔法部部长本人的办公室。

　　她指着一扇门。突然，他们听见动静。

赫　敏（从远处）

哈利……我们应该谈谈这件事……

第一幕　第十八场

哈　利（从远处）

没什么好谈的。

戴尔菲/赫敏

哦，糟糕。

阿不思/罗恩

赫敏。还有爸爸。

　　　　气氛瞬时变得紧张，并带有传染性。

斯科皮/哈利

好吧。快躲起来。没地方可躲。有谁知道什么隐身咒吗？

戴尔菲/赫敏

我们——进她的办公室？

阿不思/罗恩

她会到办公室来的。

戴尔菲/赫敏

没有别的地方了。

　　　　她试了试开门。她又试了试。

赫　敏（从远处）

如果你不跟我或者金妮谈这件事……

斯科皮/哈利

往后站。阿拉霍洞开！

　　　　他用魔杖指着门。门突然大开。他咧嘴一笑——满心喜悦。

阿不思。拦住她。只能是你了。

哈　利（从远处）

有什么可说的呢？

阿不思/罗恩

我。为什么？

第 一 部

戴尔菲／赫敏

当然是你，我们俩都不可能，是不是？我们就是他们。

赫　敏（从远处）

你那句话显然是说错了——可是——还有其他因素在起作用——

阿不思／罗恩

可是，我不能……不能……

一阵小小的混乱，最后阿不思／罗恩站在了门外，赫敏和哈利从远处上场。

哈　利

赫敏，我很感谢你的关心，但真的不需要——

赫　敏

罗恩？

阿不思／罗恩

吃惊吧！！！

赫　敏

你在这儿做什么？

阿不思／罗恩

一个男人见自己老婆还需要理由吗？

他大力亲吻赫敏。

哈　利

我得走了……

赫　敏

哈利。我的意见是，不管德拉科说什么——你对阿不思说的那些话……你如果为此反复纠结，我想对我们任何人都没好处……

阿不思／罗恩

哦，你讲的是哈利说有时候他希望我——（他纠正自己）他希望阿不思不是他的儿子。

赫　敏

罗恩！

阿不思／罗恩

说出来比闷在心里好，这是我的观点……

赫　敏

他会明白的……我们都会说一些无心的话。他明白。

阿不思／罗恩

但如果有时候我们说的是真心话呢……怎么办？

赫　敏

罗恩，现在说这个真的不是时候。

阿不思／罗恩

当然，当然。再见了，亲爱的。

> 阿不思／罗恩注视着她的背影，希望她能从她办公室的门前经过、离开。当然，她并没有。他跑过来拦住她，不让她进门。他拦了她一次，又拦了她一次，为此他把臀部摆来摆去。

赫　敏

你干吗拦着我，不让我进办公室？

阿不思／罗恩

我没有。什么也没拦。

> 她又要进门，他又把她拦住。

赫　敏

你在拦我。快让我进屋，罗恩。

> 赫敏想从他身边闪过。

第 一 部

阿不思 / 罗恩

让我们再要个孩子吧。

赫　敏

什么？

阿不思 / 罗恩

如果不想再要孩子，就去度假吧。或者要孩子，或者去度假，我不会放弃的。我们待会儿能谈谈吗，亲爱的？或者去破釜酒吧喝一杯？爱你。

> 赫敏在思考，她怀疑地盯着他，然后又看着房门。她态度缓和了。

赫　敏

如果那儿再出现一个臭弹，那就连梅林也帮不了你啦。好吧。我们反正应该去向麻瓜通报最新消息了。

> 她退场。哈利和她一起退场。
>
> 阿不思 / 罗恩转向房门。赫敏再次上场，这次是一个人。

生个孩子——**或者**——去度假？有时候你真的很离谱，你知道吗？

阿不思 / 罗恩

所以你才嫁给了我，是不是？我鬼灵精怪的娱乐精神。

> 她再次退场。他刚要开门，她重新上场，他赶紧把门关上。

赫　敏

我闻到一股鱼味儿。我告诉过你，离那些炸鱼条三明治远点儿。

阿不思 / 罗恩

你说得对。

> 她退场。他核实她确实离开了，大大地松了口气，把门打开。

第一幕　第十九场

魔法部，赫敏办公室

斯科皮/哈利和戴尔菲/赫敏正等在赫敏办公室的门内侧，阿不思/罗恩走了进来——他一屁股坐下，精疲力竭。

阿不思/罗恩

　　这一切太诡异了。

戴尔菲/赫敏

　　你很厉害嘛。拦截技术一流。

斯科皮/哈利

　　我不知道该跟你击掌，还是该朝你瞪眼，竟然亲了你舅妈五百多遍！

阿不思/罗恩

　　罗恩是个多情种。我只是想转移赫敏的注意力，斯科皮。我确实转移了她的注意力。

斯科皮/哈利

　　原来你爸爸说过……

戴尔菲/赫敏

　　孩子们……她还会回来的——我们没有多少时间。

第 一 部

阿不思 / 罗恩（对斯科皮 / 哈利）

你听见了？

戴尔菲 / 赫敏

赫敏会把时间转换器藏在哪儿呢？（她在房间里左右张望，看见了书架。）在书架上找找吧。

他们开始搜寻。斯科皮 / 哈利看着朋友，一脸担忧。

斯科皮 / 哈利

你为什么不告诉我？

阿不思 / 罗恩

我爸爸说他希望我不是他儿子。这不算什么有意思的话题吧？

斯科皮 / 哈利苦苦思索，想说点什么。

斯科皮 / 哈利

我知道——关于伏地魔那件事——不是真的——你明白——但有时候，我好像能看出我爸爸在想：我怎么生出了这么个玩意儿？

阿不思 / 罗恩

那也比我爸爸强啊。我可以肯定我爸爸大多数时间都在想：我怎么把他送回去呢？

戴尔菲 / 赫敏想把斯科皮 / 哈利拉到书架前。

戴尔菲 / 赫敏

也许我们应该集中精力对付手头的事。

斯科皮 / 哈利

我的想法是——咱俩能成为朋友，阿不思——绝不是无缘无故的——我们发现彼此是有原因的，知道吗？不管这次——冒险是为了什么……

这时他看见书架上的一本书，不由得皱起了眉头。

你见过这些架子上的书吗？有一些很严肃的书呢。禁书。受诅咒

第一幕　第十九场

的书。

阿不思/罗恩

怎么让深受感情问题困扰的斯科皮转移注意力？带他去图书馆吧。

斯科皮/哈利

这些书都来自图书馆的禁书区，还有一些奇书——《至毒魔法：十五世纪的恶魔》。《巫师的十四行诗》——这本书都不允许进入霍格沃茨！

阿不思/罗恩

《影子和幽灵》《通灵术的夜影指南》。

戴尔菲/赫敏

都是些干货，是不是……

阿不思/罗恩

《奥珀尔之火真史》《夺魂咒及其滥用》。

斯科皮/哈利

再看看这儿。哇！《我的眼睛及如何超越肉眼》，作者是西比尔·特里劳妮。一本占卜的书。赫敏·格兰杰最讨厌占卜了。这可真有意思。算是一个发现……

　　他把书从架子上抽下来。书落下来摊开。开始说话。

书

第一个是四号，一个令人失望的成绩，

parked 里有，park 里无。

斯科皮/哈利

不错。一本会说话的书。有点儿诡异。

书

第二个是两条腿走路的丑八怪。

第 一 部

　　肮脏多毛，胎里带来的毛病。

　　第三个既是可攀的山也是可行的路。

阿不思 / 罗恩

　　是个谜语。它给我们出了个谜语。

书

　　在城市拐弯，在湖面滑行。

戴尔菲 / 赫敏

　　你做了什么？

斯科皮 / 哈利

　　我，嗯，我打开了一本书。这个动作——根据我在地球上生活这么多年的经验——绝对不是一个特别危险的行为。

　　　书架上的书蹿出来要抓阿不思 / 罗恩。他及时一闪，勉强躲过。

阿不思 / 罗恩

　　怎么回事？

戴尔菲 / 赫敏（兴奋）

　　她把书变成了武器。她把她的藏书变成了武器。时间转换器肯定就藏在这儿。解开那个谜语，我们就能找到。

阿不思 / 罗恩

　　第一个是四号。parked 里有，park 里无。

　　Ed——De——

斯科皮 / 哈利

　　第二个是胎里带来的毛病，两条腿走路的丑八怪……

戴尔菲 / 赫敏（滔滔不绝地）

　　是 men！De—men—tors。我们需要找到一本关于摄魂怪的书。（她走近书架，吃惊地发现书架试图吞噬她。）阿不思！

92

第一幕　第十九场

>阿不思/罗恩冲向书架,可是来不及了,她已被整个吞了进去。

阿不思/罗恩

　　戴尔菲!怎么回事?

斯科皮/哈利

　　集中思想,阿不思。照她说的做。找到一本摄魂怪的书,千万当心。

阿不思/罗恩

　　找到了。《独霸一方的摄魂怪:阿兹卡班的真实历史》。

>那本书突然摊开,危险地朝斯科皮/哈利扫来,他不得不闪身躲避。他重重地撞在一个书架上,书架试图把他吞没。

书

　　我诞生在笼子里

　　但愤怒地把笼子砸碎

　　我体内流着冈特家的血

　　解开谜语,把我释放

　　离开束缚我的囚牢。

阿不思/罗恩

　　伏地魔。

>戴尔菲深陷书堆,变回了原样。

戴尔菲

　　加快速度!

>她被拉了回去,失声尖叫。

阿不思/罗恩

　　戴尔菲!戴尔菲!

>他想抓住她的手,可是她已经消失。

第 一 部

斯科皮/哈利

她又变成她自己了——你注意到了吗?

阿不思/罗恩

没有!因为我更担心的是她被书架吃掉!快找。关于伏地魔的书。任何一本。

他找到一本书。

《斯莱特林的继承人》?你认为呢?

他把书从书架上抽出来,书往回缩,他拼命挣扎,阿不思/罗恩被书架吞没。

斯科皮/哈利

阿不思?阿不思!!

没等斯科皮/哈利抓住他,阿不思/罗恩已经消失。他思考片刻,内心充满疑惑,接着意识到现在要由他把这件事做完。

好吧。不是这本。伏地魔。伏地魔。伏地魔。

他在书架上浏览。

《马沃罗:真相》。肯定是这本……

他把书抽出打开。书又突然甩动起来,现出一道分裂的亮光,和一个比先前更为低沉的声音。

书

我是你未曾见过的生灵,

我是你。我是我。是意料之外的回音。

有时在前,有时在后,

时时刻刻陪伴,因为我们彼此交织。

阿不思从书堆里钻出来。又变回了他自己。

第一幕　第十九场

斯科皮 / 哈利

　　阿不思……

　　　　他想去抓阿不思。可是书架的力量太大了。

阿不思

　　不。你只管——**使劲想**。

　　　　阿不思被猛力拉回到书架里。

斯科皮 / 哈利

　　可是我想不出来……意料之外的回音,那是什么呢？我唯一擅长的就是思考,但到了需要我思考的时候——我却无法思考。

　　　　书把他往里拽,他拼命挣扎。场面十分可怕。

　　　　一片沉寂。三个人都被吞噬。舞台上空无一人。

　　　　突然,**砰**——书像阵雨一般从书架上散落——斯科皮又出现了。他用力把书扒拉到一边。

斯科皮

　　不！你别想！西比尔·特里劳尼。不！！！

　　　　他环顾四周,沮丧但充满能量。

全都错了。阿不思？你听见我说话吗？这么折腾,就为了一个该死的时间转换器。快想,斯科皮。想。

　　　　书试图来抓他,可是他躲开了。

时时刻刻陪伴。有时在后。有时在前。等等。我怎么没想到呢。影子。你是个影子。《影子和幽灵》。肯定是了……

　　　　他往书架上爬,书架耸立起来扑向他,看着十分吓人。

　　　　他每走一步,书架都来抓他。他从架子上抽出那本书。

　　　　书刚抽出来,噪音和混乱戛然而止。

这就是——

　　　　哗啦一声巨响,阿不思和戴尔菲从书架里跌出来,摔在地上。

第 一 部

我们打败了它！我们打败了书架！

> 他得意地举起双手，阿不思担忧地看着戴尔菲。

阿不思

戴尔菲，你怎么样……？

戴尔菲

哇。这一趟可真够呛。

> 阿不思注意到斯科皮抱在怀里的那本书。

阿不思

是这本吗……？斯科皮？这本书里有什么？

戴尔菲

我认为应该把它弄清楚，是不是？

> 斯科皮把书打开。在书的中央——有一个旋转的时间转换器。

哇。

斯科皮

我们找到了时间转换器——真没想到我们能走到这一步。

阿不思

伙计，现在拿到了这个，下一步就是去救塞德里克了。我们的旅程才刚刚开始。

斯科皮

才刚刚开始，就差点要了我们半条命。很好。肯定很有意思。

> 低语声变成了吼叫。接着舞台转为黑暗。

幕　间

第 一 部

第 二 幕

第二幕　第一场

梦境，女贞路，楼梯下的储物间

在楼梯下的储物间里熟睡的小哈利正在做噩梦。他感到周围有一个黑暗的存在，他不安地辗转反侧。

佩妮姨妈（幕后）

　　哈利。哈利。这些锅没擦干净。**这些锅简直丢人现眼。哈利·波特。醒一醒。**

　　　　小哈利醒来，看见佩妮姨妈正冲他叫骂。

小哈利

　　佩妮姨妈。什么时间了？

佩妮姨妈

　　别扯时间。你知道，当初我们答应收养你，是希望能够调教你——改造你——把你培养成一个体面的人。没想到你变成了——这么一个令人失望的废物，恐怕我们只能怪我们自己了。

小哈利

　　我尽力——

佩妮姨妈

　　尽力离成功还差得远着呢，是不是？玻璃杯上有油渍。那些锅上

第 一 部

有擦痕。快给我起床，到厨房擦锅去。

　　哈利从床上起来。他裤子后面有一片湿。

哦，糟糕。哦，糟糕。你怎么回事？你尿床了，又尿床了。

　　她扯下被罩。

简直叫人无法忍受。

小哈利

对……对不起，我好像做了个噩梦。

佩妮姨妈

你这个令人恶心的孩子。只有动物才把自己尿湿。动物和令人恶心的小男孩。

小哈利

我梦见了我爸爸妈妈。我好像看见他们了——我好像看见他们——死了？

佩妮姨妈

我凭什么对这件事有半点儿兴趣？

小哈利

有个男人喊着阿德瓦·阿德什么的·阿卡拉——阿德——然后是一条蛇的咝咝声。我能听见我妈妈在尖叫。

　　佩妮姨妈过了片刻才重新调整好自己。

佩妮姨妈

如果你真的梦见他们死亡的场面，你只会听见刺耳的刹车声，和一声惊天动地的巨响。你的父母是死于车祸。你明明知道的。我认为你妈妈根本来不及尖叫。上帝保佑，没让你知道更多细节。好了，快把床单抽下来，到厨房去擦锅吧。我可不想再跟你说第二遍。

　　她砰地关上门，离开了。

第二幕　第一场

小哈利留在原地,手里抓着床单。

舞台变形,树木生长,梦境扭曲着变成完全不同的场景。

突然,阿不思从树丛中出现,站在那里望着小哈利。

然后他果断地抽身离去。

这时传来蛇佬腔的低语声,在整个剧场回荡。

他来了。他来了。

说话的那个声音,毫无疑问是伏地魔的声音……

哈——利·波——特……

第二幕　第二场

哈利和金妮·波特的家中，楼梯上

哈利在黑暗中醒来，呼吸粗重。他显然精疲力竭，内心充满忧虑。

哈　利

荧光闪烁。

> 金妮上场，看到亮光很惊讶。

金　妮

没事吧……？

哈　利

我睡着了。

金　妮

是的。

哈　利

你没睡。有什么——消息吗？有没有猫头鹰或者……？

> 金妮看着他，疲惫而惊惧。

金　妮

没有。

第二幕　第二场

哈　利

刚才我在做梦——梦见我在楼梯底下，后来我——我听见他——伏地魔的声音——那么清晰。

金　妮

伏地魔？

哈　利

接着我看见了——阿不思。穿着红衣服——他穿着德姆斯特朗的校袍。

金　妮

德姆斯特朗的校袍？

　　　哈利思索。

哈　利

金妮，我好像知道他在哪儿了……

第二幕　第三场

霍格沃茨，校长办公室

哈利和金妮站在麦格教授的办公室里。

麦格教授

而我们不知道具体在禁林的什么地方？

哈　利

我已经许多年不做这样的梦了。可是阿不思就在那儿。我知道他在。

金　妮

我们必须尽快开始搜寻。

麦格教授

我可以把隆巴顿教授派给你们——他在植物方面的知识可能会用得上——还有——

　　突然壁炉里传来轰隆声。麦格教授看着壁炉，神情忧虑。

　　接着赫敏从壁炉里跌了出来。

赫　敏

这是真的吗？我可以帮忙吗？

麦格教授

部长——真令人感到意外……

第二幕　第三场

金　妮

这可能都怪我——我说服《预言家日报》出了一期号外。召集志愿者。

麦格教授

很好。非常明智。我估计……会来不少人。

> 罗恩闯了进来。满身烟灰。戴着一条汤汁斑斑的晚餐餐巾。

罗　恩

我错过什么了吗——我闹不清应该选哪一个飞路壁炉。不知怎的跑到厨房里去了。（赫敏怒目而视，看着他把餐巾扯掉。）什么？

> 突然壁炉里又传来轰隆声，德拉科猛然冲了下来，被纷纷扬扬的煤灰和尘土包围。
>
> 每个人都看着他，满脸惊讶。他站起身，掸掉身上的煤灰。

德拉科

对不起，把你的地板弄脏了，米勒娃。

麦格教授

这大概是我的错，我就不该拥有壁炉。

哈　利

见到你真是很意外，德拉科。我以为你不相信我的梦境呢。

德拉科

确实不信，但我相信你的运气。哈利·波特永远处于事件的中心。而且我需要我的儿子回到我身边，毫发无损。

金　妮

那我们就去禁林，寻找他们俩吧。

第二幕　第四场

禁林边缘

阿不思和戴尔菲面对面站着，手举魔杖。

阿不思

　　除你武器！

　　　　戴尔菲的魔杖脱手飞出。

戴尔菲

　　你已经掌握了。做得很漂亮。

　　　　她从他手里拿回自己的魔杖。

　　　　用一种迷人的嗓音。

　　"你绝对是个能让人缴械投降的年轻人。"

阿不思

　　除你武器！

　　　　她的魔杖再次飞了出去。

戴尔菲

　　你赢了。

　　　　两人击掌。

第二幕　第四场

阿不思

我咒语一直念得很差。

斯科皮在舞台靠后位置出现。他看着朋友跟一个姑娘说话——内心一半喜欢，一半不喜欢。

戴尔菲

我以前也特别差——后来突然灵光一现。你也会是这样的。我倒不是说我是个超级女巫什么的，但我相信你肯定会成为一名了不起的巫师，阿不思·波特。

阿不思

那你应该留下来——再教我几招——

戴尔菲

我当然会留下来的，我们是朋友，不是吗？

阿不思

是的。是的。当然是朋友。当然。

戴尔菲

太棒了。精彩！

斯科皮

什么精彩？

斯科皮果断地走上前。

阿不思

搞定了那个咒语。我知道这是很初级的，但我以前——好了，总算搞定了。

斯科皮（过度热情，想加入谈话）

我已经找到了通往学校的路。听我说，我们真的能肯定这办法行得通……？

第 一 部

戴尔菲

　　没问题!

阿不思

　　这是个绝妙的计划。不让塞德里克被害的秘诀就是不让他赢得三强争霸赛。如果他没有赢,就不可能被杀害。

斯科皮

　　这我理解,但是……

阿不思

　　所以,我们只需要把他在第一个项目里获胜的机会彻底搞砸。第一个项目是从一条巨龙那儿偷一个金蛋——塞德里克是怎么转移龙的注意力的——

　　　　戴尔菲把手高高举起。阿不思咧嘴一笑,用手指着她。
　　　　他们俩已经相处得非常融洽。
　　迪戈里请回答。

戴尔菲

　　——通过把一块石头变成一条狗。

阿不思

　　——很好,只要念一个小小的缴械咒,他就没办法得手了。

　　　　斯科皮不喜欢戴尔菲和阿不思的一唱一和。

斯科皮

　　好吧,两个问题。第一,我们确定龙不会把他咬死吗?

戴尔菲

　　他总爱提两个问题,是不是?当然不会。这是霍格沃茨。他们不会让任何一名勇士受到伤害。

斯科皮

　　好吧,第二个问题——更重要的问题——我们回到过去,却不知

第二幕　第四场

道之后还能不能穿越回来。这很惊心动魄，也许我们应该只是——比如，先返回一小时，然后……

戴尔菲

对不起，斯科皮，我们没有时间可浪费。在离学校这么近的地方等着，实在太危险了——我相信他们肯定会来找你们，然后……

阿不思

她说得对。

戴尔菲

现在，你们需要穿上这些——

她掏出两个大纸袋。两个男孩从里面抽出校袍。

阿不思

但这是德姆斯特朗的校袍呀。

戴尔菲

是我叔叔的主意。如果你们穿着霍格沃茨的校袍，人们就应该认识你们是谁。但当时还有另外两所学校在这里参加三强争霸赛——如果你们穿着德姆斯特朗的校袍——就能不显山不露水了，是不是？

阿不思

想得真妙！等等，你的校袍呢？

戴尔菲

阿不思，你这是恭维我呢，我怎么可能假装自己是个学生呢？我就躲在幕后，装成一个——哦，也许我可以装成一个驯龙师。反正咒语都是由你们来念。

斯科皮看着她，又看着阿不思。

斯科皮

你不应该来。

第 一 部

戴尔菲

　　什么？

斯科皮

　　你说得对。我们念咒语用不着你。如果你不能穿学生的校袍——就会构成天大的危险。对不起，戴尔菲，你不应该来。

戴尔菲

　　但我非来不可——塞德里克是我的堂兄呀。阿不思？

阿不思

　　我认为他说得对。对不起。

戴尔菲

　　什么？

阿不思

　　我们不会搞砸的。

戴尔菲

　　可是没有我——你们不会使用时间转换器。

斯科皮

　　你教过我们怎么用。

　　　　戴尔菲十分纠结。

戴尔菲

　　不。我不能让你们做这件事……

阿不思

　　你叫你叔叔相信我们。现在轮到你了。学校已经很近。我们应该把你留在这儿。

　　　　戴尔菲看着他们俩，深深吸了口气。她径自点点头，笑了。

戴尔菲

　　那就走吧。可是——你们要知道……今天你们得到了一个绝无仅

第二幕　第四场

有的机会——今天你们将要改变历史——改变时间本身。然而更重要的是，今天你们有机会把一位老人的儿子还给他。

　　她面露微笑。她看着阿不思。她俯下头，温柔地亲吻他的两边面颊。

　　她转身走进林地。阿不思瞪着她的背影。

斯科皮

她没有吻我——你注意到了吗？（他看着自己的朋友。）你没事吧，阿不思？你脸色有点发白。还有点发红。一阵白一阵红。

阿不思

我们开始行动吧。

第二幕　第五场

禁　林

森林似乎变得更大、更密了,在树丛中——人们在搜索——寻找失踪的巫师学生。慢慢地,人们渐渐离去,只留下哈利一人。

他听见了动静。他转向右边。

哈　利

阿不思?斯科皮?阿不思?

> 然后他听见了马蹄声。哈利大吃一惊。他环顾四周,寻找声音发出的方向。突然,贝恩走到亮处。他是一个器宇轩昂的马人。

贝　恩

哈利·波特。

哈　利

很好。你仍然认识我,贝恩。

贝　恩

你变老了。

哈　利

是啊。

第二幕　第五场

贝　恩

但并没有变得聪明。你非法侵入了我们的领地。

哈　利

我对马人一向尊敬有加。我们不是敌人。你在霍格沃茨战役中英勇奋战。我曾和你并肩作战。

贝　恩

我尽了自己的职责。不过我是为了我的族群,为了我们的荣誉。不是为你。那场战役之后,禁林被认为是马人的领地。既然你来到我们的地盘上——未经准许——那么你就是我们的敌人。

哈　利

我儿子失踪了,贝恩。我需要大家帮我找到他。

贝　恩

他在这儿?在我们的森林里?

哈　利

是的。

贝　恩

那他跟你一样愚蠢。

哈　利

你能帮助我吗,贝恩?

一阵静默。贝恩傲慢地低头看着哈利。

贝　恩

我只能把我知道的告诉你……但我告诉你不是为了你,而是为了我们族群的利益。马人不希望再有战争。

哈　利

我们也是。你知道什么?

第 一 部

贝　恩

我看见过你的儿子，哈利·波特。在星星的运行中看见过他。

哈　利

你在星星里见过他？

贝　恩

我不能告诉你他在哪儿。我不能告诉你怎样才能找到他。

哈　利

但是你到底看见了什么？领悟到了什么？

贝　恩

你儿子周围有一团黑云，一团危险的黑云。

哈　利

在阿不思周围？

贝　恩

一团黑云，可能会给我们大家带来危险。你将找回你的儿子，哈利·波特。但是之后你可能会永远失去他。

　　他发出马嘶般的声音——然后断然离开——留下茫然不知所措的哈利。

　　哈利又开始寻找——情绪比先前更为焦虑。

哈　利

阿不思！阿不思！

第二幕　第六场

禁林边缘

斯科皮和阿不思拐了个弯，面前的树丛中出现一个豁口……
豁口中可以看见……辉煌的灯光……

斯科皮

　　这就是……

　　　　阿不思看见城堡，咽了口唾沫。

阿不思

　　霍格沃茨。以前从没在这个角度看过。

斯科皮

　　还是有点儿激动，是不是？当你看到它的时候？

　　　　透过树丛出现了**霍格沃茨**——一大片恢宏的球形建筑和

　　　　高塔。

从我听说它的那一刻起，我就迫不及待地想来。我的意思是，爸爸不怎么喜欢这儿，但即使从他的描述中……我从十岁起，每天早晨第一件事就是查看《预言家日报》——我以为肯定会有什么灾祸落到它头上——以为我肯定来不成了。

第 一 部

阿不思

结果你到了这儿,却发现是个可怕的地方。

斯科皮

对我来说不是。

阿不思看着他的朋友,感到震惊。

当时我一心只想来霍格沃茨,交一个朋友,跟他一起做点惊天动地的事。就像哈利·波特那样。没想到我认识了他的儿子。命运是多么离奇啊。

阿不思

但我跟我爸爸完全不一样。

斯科皮

你更好。你是我最好的朋友,阿不思。而这件事绝对是惊天动地的。太厉害了,真是太厉害了,只是——不瞒你说——我不妨承认了吧——我有那么一点点——只是有那么一点点害怕。

阿不思看着斯科皮,笑了。

阿不思

你也是我最好的朋友。别担心——我对这件事感觉不错。

我们听到后台传来罗恩的声音——显然他就在附近。

罗　恩

阿不思?阿不思!

阿不思转向那个声音,神色惶恐。

阿不思

不过我们得走了——马上。

阿不思从斯科皮手里拿过时间转换器——他使劲一按,时间转换器开始振动,然后迸发出一阵剧烈的动静。

舞台随之开始变化。两个男孩看着。

第二幕　　第六场

一道强光嗖地闪过。哗啦一声巨响。

时间停止。然后掉头，踌躇须臾，开始倒转，起初转得很慢……

随即加快了速度。

第二幕　第七场

三强争霸赛，禁林边缘，1994

一片人声鼎沸，人群把阿不思和斯科皮吞没。

突然，"世界上最伟大的主持人"（这是他自己的原话，不是我们的）出现在舞台上，用咒语"声音洪亮"把嗓音放大，他……是啊……他十分陶醉。

卢多·巴格曼

女士们、先生们，男生们、女生们，我向你们介绍——最伟大的——神妙无比的——独一无二的**三强争霸赛**。

掌声雷动。

如果你是霍格沃茨的，请给我一点掌声。

掌声雷动。

如果你是德姆斯特朗的——请给我一点掌声。

掌声雷动。

如果你是布斯巴顿的，请给我一点掌声。

掌声稀稀拉拉。

法国朋友好像不怎么热情。

斯科皮（面带微笑）

成功了。那是卢多·巴格曼。

第二幕　第七场

卢多·巴格曼

　　他们来了。女士们、先生们——男生们、女生们——我向你们介绍——这才是我们来这儿的目的——**几位勇士**。代表德姆斯特朗参赛的是，多么帅的眉毛，多么帅的脚步，多么帅的男孩，把扫帚玩得风生水起，他就是疯狂的威克多尔·克鲁姆。

斯科皮和阿不思（此刻真的进入角色，成为德姆斯特朗的学生）

　　加油，加油，疯狂的克鲁姆。加油，加油，疯狂的克鲁姆。

卢多·巴格曼

　　来自布斯巴顿学校的是——天哪，是芙蓉·德拉库尔！

　　　一些礼貌的掌声。

　　霍格沃茨的参赛学生不止一位，而是两位；让我们大家双腿发软的是，英俊的塞德里克·迪戈里。

　　　人群沸腾了。

　　还有另一位——你们知道他是大难不死的男孩，而我知道他是不断令我们大家吃惊的男孩……

阿不思

　　是我爸爸。

卢多·巴格曼

　　没错，就是勇敢的哈利·波特。

　　　人们热烈欢呼。特别是人群边缘一个神色紧张的女生——那是少年赫敏（由扮演罗丝的同一演员扮演）。显然，哈利赢得的喝彩声比塞德里克略少一些。

　　现在——请大家安静。第一个——项目。取一个金蛋。是从——女士们、先生们，男生们、女生们——是从**火龙**的窝里取蛋。指挥那些龙的是——**查理·韦斯莱**。

　　　更多的欢呼声。

119

第 一 部

少年赫敏

　　如果你偏要站得这么近，拜托你别老对着我呼气。

斯科皮

　　罗丝？你怎么会在这儿？

少年赫敏

　　谁是罗丝？你的口音怎么了？

阿不思（以一种蹩脚的口音）

　　对不起。赫敏。他把你跟别人搞混了。

少年赫敏

　　你怎么知道我的名字？

卢多·巴格曼

　　没有时间可浪费了，现在让我们请出我们的第一位勇士——将要面对一条瑞典短鼻龙的是——**塞德里克·迪戈里**！

　　　　火龙的吼叫声转移了少年赫敏的注意，阿不思举起魔杖做好准备。

　　　　塞德里克·迪戈里出场了。他似乎准备就绪。有点害怕，但严阵以待。他往这边一躲，又往那边一躲。他俯身掩蔽时女生们都要晕倒了。她们齐声喊：火龙先生，别伤害我们的迪戈里。

　　　　斯科皮露出担忧的神情。

斯科皮

　　阿不思，好像不对劲儿。时间转换器，它在抖动。

　　　　出现了嘀嗒声，一种持续不断的、危险的嘀嗒声。是时间转换器发出的。

卢多·巴格曼

　　塞德里克左右腾挪，巧妙躲闪——他用魔杖做好了准备——这位英俊、勇敢的年轻人袖子里藏着什么锦囊妙计——

第二幕　第七场

阿不思（伸出魔杖）

除你武器！

塞德里克的魔杖被阿不思收入手中。

卢多·巴格曼

——不好，怎么回事？是黑魔法还是别的什么法术——塞德里克·迪戈里被缴了武器——

斯科皮

阿不思，我认为时间转换器——好像出毛病了……

时间转换器的嘀嗒声更响了。

卢多·巴格曼

迪戈里的一切都乱了套。他的项目可能到此为止了。比赛结束。

斯科皮一把抓住阿不思。

嘀嗒声越来越响，突然亮光一闪。

时间转回到当下，阿不思痛苦地喊叫着。

斯科皮

阿不思！把你弄疼了吗？阿不思，你——

阿不思

怎么回事？

斯科皮

肯定有一个限度——时间转换器肯定有某种时间限制……

阿不思

你说，我们成功了吗？你认为我们改变了什么吗？

突然，哈利、罗恩（现在他头发成了偏分式，衣服款式变得十分古板）、金妮和德拉科从各个不同方向走上舞台。斯科皮看着他们——然后把时间转换器塞进口袋。阿不思看着他们，神情相当茫然——他正忍受着痛苦。

第 一 部

罗　恩

　　我告诉过你们。我告诉过你们,我看见他们了。

斯科皮

　　我认为我们很快就能弄清楚。

阿不思

　　你好,爸爸。出什么事了吗?

　　　　哈利不敢相信地看着自己的儿子。

哈　利

　　是的。你可以这么说。

　　　　阿不思瘫倒在地。哈利和金妮冲过去扶他。

第二幕　第八场

霍格沃茨，校医院

阿不思睡在一张病床上。哈利心烦意乱地坐在床边。他们头顶上有一幅画像，里面是一位神情关切的、慈祥的男人。画里的人仔细地注视着他们俩。哈利揉揉眼睛，站起来在房间里走动，一边伸着懒腰。突然，他的目光与画中人的目光相遇了。画像似乎被他的目光惊住。哈利也吃惊地瞪着画像。

哈　利

　　邓布利多教授。

邓布利多

　　晚上好，哈利。

哈　利

　　我很想念你。最近我每次过来找校长，你的画框里都是空的。

邓布利多

　　啊，是啊，我喜欢不时地到别的肖像里去转转。（他看着阿不思。）他不会有事吧？

哈　利

　　他昏迷了二十四小时，主要是因为庞弗雷女士要给他的胳膊重新

第 一 部

接骨头。庞弗雷女士说，这件事十分蹊跷……似乎骨头是二十年前断的，却按着"最离奇"的方式接好了。她说孩子不会有事的。

邓布利多

我可以想象，看着自己的孩子受苦，这滋味可不好受。

哈利抬头看着邓布利多，又低头看着阿不思。

哈 利

我从来没有问过你，我给他起了你的名字，你是什么感觉？

邓布利多

坦率地说，哈利，这似乎给这个可怜的男孩肩上压了一副重担。

哈 利

我需要你的帮助。我需要你的忠告。贝恩说阿不思现在面临危险。我该怎么保护我的儿子，邓布利多？

邓布利多

你怎么偏偏来问我怎么保护一个面临巨大危险的男孩？我们没法保护年轻人不受伤害。痛苦注定会来，肯定会来。

哈 利

那么我就只能袖手旁观？

邓布利多

不。你应该教他怎么勇敢地面对生活。

哈 利

怎么教？他不会听的。

邓布利多

也许他在等你真正看清他。

哈利皱起眉头，仔细体会这句话。

（充满感情地。）能耳闻目睹各种事情……这对一幅肖像来说既是福也是祸。在学校里，在部里，我都听见人们在议论……

第二幕　第八场

哈　利

　　关于我和我儿子都有哪些闲言碎语？

邓布利多

　　不是闲言碎语。是关心。说你们俩在吵架。说他很难管教。说他冲你发火。我形成了这么一个印象，似乎——也许吧——你被你对他的爱蒙蔽了双眼。

哈　利

　　蒙蔽了双眼？

邓布利多

　　你必须看到他的真实面貌，哈利。你必须弄清是什么在伤害着他。

哈　利

　　我没有看到他的真实面貌吗？是什么在伤害我的儿子？（他在思索。）或者，是谁在伤害我的儿子？

阿不思（在睡梦中低语）

　　爸爸……

哈　利

　　这团黑云，是某个人，对吗？而不是某种东西？

邓布利多

　　唉，说实在的，我的观点还重要吗？我只是颜料和记忆，哈利，颜料和记忆。而且我自己并没有儿子。

哈　利

　　可是我需要你的忠告。

阿不思

　　爸爸？

　　　　哈利看着阿不思，又抬头去看邓布利多。可是邓布利多
　　　　已经不见了。

第 一 部

哈　利

不，你又去了哪儿？

阿不思

我们是在——是在校医院？

　　哈利把注意力转回到阿不思。

哈　利（思绪纷乱）

是的。你——你会好起来的。至于你的康复，庞弗雷女士不能确定该开什么药，只说你可能应该多吃一些——巧克力。实际上，你不介意我也吃点吧？我有些话要告诉你，我认为你不会爱听。

　　阿不思看着爸爸，他要说什么呢？他决定让他继续说。

阿不思

好吧。我想可以。

　　哈利拿了些巧克力。他吃着一大块。阿不思看着爸爸，一脸迷惑。

好些了吗？

哈　利

好多了。

　　他把巧克力递给儿子。阿不思拿了一块。父子俩一起嚼巧克力。

你的胳膊，感觉怎么样？

　　阿不思活动活动胳膊。

阿不思

感觉棒极了。

哈　利（温和地）

你去了哪儿，阿不思？我没法告诉你这件事让我们感到多么——你妈妈都急病了……

第二幕　第八场

　　　　阿不思抬起头，他扯起谎来毫不费劲。

阿不思

　　我们决定不来学校。我们觉得可以重新开始——在麻瓜的世界里——后来发现我们错了。我们正要返回霍格沃茨，就被你们找到了。

哈　利

　　穿着德姆斯特朗的校袍？

阿不思

　　这些校袍……整个事情——斯科皮和我——我们没考虑好。

哈　利

　　那么你们为什么……为什么要逃走呢？是因为我？因为我说的话？

阿不思

　　我不知道。实际上，如果你融不进去，霍格沃茨并不是一个多么愉快的地方。

哈　利

　　是不是斯科皮——怂恿你——走的？

阿不思

　　斯科皮？不是。

　　　　哈利凝神思索，看着阿不思，似乎想在他周围看出某种征兆。

哈　利

　　我要你跟斯科皮·马尔福保持距离。

阿不思

　　什么？斯科皮？

哈　利

　　首先我就不明白你们是怎么交上朋友的，但你们成了朋友——现

127

第 一 部

在——我要你——

阿不思

我最好的朋友？我唯一的朋友？

哈　利

他很危险。

阿不思

斯科皮？危险？你见过他吗？爸爸，如果你真的认为他是伏地魔的儿子——

哈　利

我不知道他什么来历，我只知道你需要跟他保持距离。贝恩告诉我——

阿不思

贝恩是谁？

哈　利

一个深谙占卜术的马人。他说你周围有一团黑云，而且——

阿不思

一团黑云？

哈　利

我有十分充足的理由相信，黑魔法又死灰复燃了，我要你安全地远离它。安全地远离他。安全地远离斯科皮。

阿不思迟疑片刻，然后他的神情变得倔强。

阿不思

如果我不呢？我不远离他呢？

哈利看着儿子，迅速地思索着。

哈　利

有一张地图。以前是那些不干好事的人用的。现在我们要用它来

第二幕 第八场

监视——时刻监视——你。麦格教授会注视你的一举一动。任何时候看见你们俩在一起——她都会飞速赶到——任何时候你试图离开霍格沃茨——她都会飞速赶到。我希望你好好学习功课，现在你没有一门课是跟斯科皮一起上的，不上课时，你就待在格兰芬多公共休息室！

阿不思

你不能强迫我去格兰芬多！我是斯莱特林人！

哈 利

别胡闹了，阿不思，你知道自己在哪个学院。如果麦格教授发现你跟斯科皮在一起——我就用一个咒语管住你——那能让我看到和听到你的每一个举动，每一次谈话。与此同时，我的部门将展开对他真实身世的调查。

阿不思（开始大喊）

可是爸爸——你不能——那样太不……

哈 利

很长时间以来，我一直以为我不是你的好爸爸，因为你不喜欢我。直到现在，我才意识到我不需要你喜欢我，我需要你服从我，因为我是你爸爸，我就是懂得比你多。对不起，阿不思。只能如此了。

第二幕　第九场

霍格沃茨，楼梯

阿不思在舞台上缠住哈利。

阿不思

　　如果我逃走呢？我会逃走的。

哈　利

　　阿不思，回床上去。

阿不思

　　我会再次逃走的。

哈　利

　　不。你不会。

阿不思

　　我会的——这次我敢肯定罗恩找不到我们。

罗　恩

　　我是不是听到了我的名字？

　　　　罗恩从一道楼梯上场，他的偏分发式此刻咄咄逼人，他的袍子有点过短，他的衣服现在古板得惊人。

第二幕　第九场

阿不思

　　罗恩舅舅！感谢邓布利多。我们没有什么时候比现在更需要你的笑话……

　　　　罗恩皱起眉头，一脸困惑。

罗　恩

　　笑话？我不知道什么笑话。

阿不思

　　你当然知道。你开了一家笑话商店。

罗　恩（此刻完全被弄糊涂了）

　　笑话商店？好吧。不管怎么说，我很高兴抓住了你……我本来想带些糖果来的——作为，嗯，祝你早日康复什么的，可是，嗯……实际上，帕德玛——她考虑问题比我——深刻得多——她认为最好让你们得到一些上学用得着的东西。所以我们给你弄了一套——一套羽毛笔。是的。是的。是的。看看这些好家伙。是顶级产品。

阿不思

　　帕德玛是谁？

　　　　哈利朝阿不思皱起眉头。

哈　利

　　你舅妈。

阿不思

　　我有个舅妈叫帕德玛？

罗　恩

　　（对哈利）他脑袋上中了混淆咒，是不是？（对阿不思）我妻子，帕德玛。你记得吧？说话时跟你的脸贴得太近了点，口气有一股薄荷味。（向前一步。）帕德玛，潘朱的妈妈！（对哈利）当然啦，我就是为这个来的。潘朱。他又惹祸了。我本来只想寄一封吼叫信，可是帕德玛坚持要我亲自来一趟。我真不明白为什么。潘朱只会嘲笑我。

阿不思

可是……你是跟赫敏结婚的呀。

停顿。罗恩完全不明白是怎么回事。

罗 恩

赫敏？不。不——梅林的胡子啊。

哈 利

阿不思还忘记了自己被分到格兰芬多。

罗 恩

是吗，好吧，抱歉，老伙计，但你是在格兰芬多呀。

阿不思

可是我怎么会被分在格兰芬多的呢？

罗 恩

你说服了分院帽，不记得了吗？潘朱打赌你无论如何也进不了格兰芬多，你为了羞辱他，就偏偏选择了格兰芬多。我不能怪你，（干巴巴地）有时候我们都想把他脸上那个笑容给抹掉，是不是？（恐慌。）千万别告诉帕德玛我说了这话。

阿不思

潘朱是谁？

罗恩和哈利都瞪着阿不思。

罗 恩

见鬼，你真的不是你自己了吗？不过，我得走了，不然我自己就要收到一封吼叫信了。

他跌跌撞撞往前走，跟原来的他判若两人。

第二幕　　第九场

阿不思

可是这……说不通呀。

哈　利

阿不思，不管你在假装什么，都是不管用的，我不会改变主意的。

阿不思

爸爸，你有两个选择，要么带我去——

哈　利

不，要做选择的是你，阿不思。你必须这么做，不然就会陷入更深的——深不见底的——麻烦，明白吗？

斯科皮出现在楼梯的另一侧，他看见阿不思很高兴。

斯科皮

阿不思？你好了。太棒了。

哈利轻蔑地从斯科皮身边走过。

哈　利

他完全治愈了。现在我们要走了。

阿不思抬头看着斯科皮，他的心碎了。他跟着爸爸——

没有理会斯科皮绝望的目光。

斯科皮

你生我的气了吗？怎么回事？

阿不思停住脚步，转向斯科皮。

阿不思

成功了吗？有没有起什么作用？

斯科皮

没有……可是，阿不思——

哈　利

阿不思。不管你在胡言乱语些什么，都必须马上停止。这是对你

第 一 部

的最后一次警告。

　　阿不思在爸爸和朋友之间左右为难。

阿不思

　　我不能,明白吗?

斯科皮

　　你不能什么?

阿不思

　　就是——我们分开对彼此都好,明白吗?

　　斯科皮看着阿不思离开的背影。心如刀割。

第二幕　第十场

霍格沃茨，校长办公室

麦格教授很不高兴。哈利态度坚决，金妮不知道自己该怎么办。

麦格教授

我不确定活点地图是做这个用的。

哈　利

如果你看见他们在一起，就快速赶到他们身边，把他们分开。

麦格教授

哈利，你真的认为这是正确的决定？因为，我虽然绝对没有怀疑马人的智慧，但贝恩是个性情暴躁的马人，而且……他很有可能为了达到自己的目的而篡改星相。

哈　利

我相信贝恩。阿不思必须跟斯科皮保持距离。为了他自己，也为了别人。

金　妮

我认为哈利的意思是……

哈　利（斩钉截铁地）

教授明白我的意思。

第 一 部

金妮看着哈利，为他竟然用这种语气跟自己说话感到吃惊。

麦格教授

全国最了不起的男女巫师给阿不思做了检查，谁也没能发现或察觉他中了什么恶咒或魔咒。

哈　利

而且邓布利多——邓布利多说——

麦格教授

什么？

哈　利

他的肖像。我们谈了谈。他说的一些话很有道理——

麦格教授

邓布利多已经死了，哈利。我以前跟你说过，肖像不能代表它的真实主人，连一半都及不上。

哈　利

他说爱蒙蔽了我的双眼。

麦格教授

校长的肖像是一个纪念物。它只能起到我做决策时的辅助作用。在我接受这份工作时，有人建议我不要错误地把肖像当成真实的人。我对你也有同样的建议。

哈　利

但是他说得对。我现在明白了。

麦格教授

哈利，你最近压力太大了，阿不思失踪，你四处寻找，你还担心你的伤疤可能蕴含深意。可是请你相信我的话，你在酿成大错——

哈　利

阿不思以前不喜欢我。他可能也不会再喜欢我。可是他会是安全的。我怀着极大的敬意对你说,米勒娃——你自己没有孩子——

金　妮

哈利!

哈　利

——你不理解!

麦格教授（深受伤害）

我在教育岗位工作了一辈子,实指望这意味着——

哈　利

这张地图会时刻向你显示我儿子在哪里——我希望你使用它。如果我得知你没有——我就会以我能够使用的严厉手段惩治这所学校——动用部里的所有权势——明白了吗?

麦格教授（被这番尖刻的言辞弄得不知所措）

完全明白。

　　金妮看着哈利,不敢相信他怎么会这样。他没有看她。

第二幕　第十一场

霍格沃茨，黑魔法防御术课堂

阿不思走进教室，有点不敢确定。

赫　敏

　　啊，来了。我们的火车逃兵。终于回到了我们中间。

阿不思

　　赫敏？

　　　　他看上去很惊讶。赫敏站在教室的前面。

赫　敏

　　我认为我应该是格兰杰教授，波特。

阿不思

　　你在这儿做什么？

赫　敏

　　教课。真是见鬼。你来这儿是做什么的？我希望是学习。

阿不思

　　可是你……你是……魔法部部长呀。

赫　敏

　　你是不是又做那些梦了，波特？今天我们要学习守护神咒。

第二幕　第十一场

阿不思（惊愕地）

你是黑魔法防御术课的老师？

　　同学们咻咻发笑。

赫　敏

我要失去耐心了。因为愚蠢，格兰芬多扣十分。

波利·查普曼（起身，充满蔑视）

不。不。他是故意的。他讨厌格兰芬多，大家都知道。

赫　敏

坐下，波利·查普曼，别让事态愈演愈烈。（波利叹了口气，然后坐下。）

我建议你跟她坐在一起，阿不思。别再装神弄鬼了。

阿不思

可是你不应该这么刻薄呀。

赫　敏

那就再扣格兰芬多二十分，让阿不思·波特相信我就这么刻薄。

扬·弗雷德里克斯

如果你还不赶紧坐下，阿不思……

　　阿不思坐下。

阿不思

我能不能说一句——

赫　敏

不，你不能。保持安静，波特，不然你有限的那点人气也会丧失殆尽。好了，谁能告诉我守护神咒是什么？没有？一个也没有。你们真是最令人失望的一帮学生。

　　赫敏露出淡淡的微笑。她真的很刻薄。

阿不思

不。这太气人了。罗丝在哪儿？她会告诉你，你这样很荒唐。

第 一 部

赫　敏

罗丝是谁？你的隐身朋友？

阿不思

罗丝·格兰杰-韦斯莱！你的女儿。（他反应过来了。）当然……因为你和罗恩没有结婚，罗丝——

同学们咯咯窃笑。

赫　敏

你好大的胆子！格兰芬多扣五十分。我警告你们，如果有人再打断我，就扣一百分……

她瞪着全班同学。他们吓得谁都不敢动。

很好。守护神咒是一种魔咒，是你们内心最积极的情感的投射，呈现为你们感到最亲近的动物的形状。它是一种光的馈赠。如果你们能变出一个守护神，就能保护自己，抵抗这个世界的危险。对我们有些人来说，这似乎是一种必要的技能，掌握得越早越好。

第二幕　第十二场

霍格沃茨，楼梯

阿不思走上一道楼梯。边走边四处环顾。

他什么也没看见。他退场。楼梯几乎像跳舞一般挪动。

斯科皮在他后面上场。他以为自己看见了阿不思，接着意识到他不在。

楼梯旋转，斯科皮重重倒在地上。

霍琦女士上场，走上楼梯。在楼梯顶上，她示意斯科皮起身移动。

斯科皮照办。他离开——他的孤独凄凉那么明显。

阿不思出场，走上一道楼梯。

斯科皮出场，走上另一道楼梯。

楼梯相遇。两个男孩互相对视。

迷茫，心怀希望——迷茫和希望同时存在。

接着，阿不思移开目光，胶着的一刻被打破——同时破碎的，也许，还有友谊。

然后，楼梯分离——两个男孩互相对视——一个满怀歉疚——另一个满怀痛苦——两人都非常难过。

第二幕　第十三场

哈利和金妮·波特的家中，厨房

金妮和哈利小心翼翼地注视着对方。一场争吵难以避免，两人对此心知肚明。

哈　利

这是正确的决定。

金　妮

你的口气简直深信不疑。

哈　利

你叫我对他以诚相待，实际上我需要诚实地对待自己，相信我的心所告诉我的……

金　妮

哈利，你的心是古往今来的巫师中最伟大的一颗，我不相信你的心会告诉你这样做。

　　他们听见敲门声。

敲门声给我们解了围。

　　金妮退场。

　　片刻后，德拉科上场，内心充满怒气，但掩饰得很好。

第二幕　第十三场

德拉科

我不能多待。也不需要多待。

哈　利

有何贵干？

德拉科

我来这儿不是跟你作对的。但是我的儿子以泪洗面，我是他的父亲，因此我过来问问你，为什么要让两个好朋友彼此分开。

哈　利

我没有让他们分开。

德拉科

你改变了学校的课程表，你对教师和阿不思本人都提出了威胁。为什么？

哈利仔细端详德拉科，然后把脸转开。

哈　利

我必须保护我的儿子。

德拉科

离开斯科皮？

哈　利

贝恩告诉我，他感觉我儿子周围有一团黑云。就在我儿子身边。

德拉科

你在暗示什么，波特？

哈利转过身，死死盯着德拉科的眼睛。

哈　利

你真的相信……真的相信他是你的吗，德拉科？

一阵死寂。

第 一 部

德拉科

把这句话收回去……立刻。

可是哈利没有把话收回。于是德拉科抽出了魔杖。

哈 利

你没必要这么做。

德拉科

有必要。

哈 利

我不想伤害你，德拉科。

德拉科

真有意思，因为我想伤害你。

两人摆开架势。然后挥出魔杖。

德拉科和哈利

除你武器！

他们的魔杖互相排斥，然后分开。

德拉科

速速绑缚！

哈利躲过德拉科魔杖射出的光。

哈 利

塔朗泰拉舞！

德拉科飞身避开。

哈 利

你一直在练习，德拉科。

德拉科

你变得手生了，波特。门牙赛大棒！

哈利勉强躲过。

第二幕　第十三场

哈　利

　　咧嘴呼啦啦!

　　　　德拉科用椅子挡住光柱。

德拉科

　　全速击退!

　　　　哈利被击中,旋转着升到空中。德拉科哈哈大笑。

　　在上面待着吧,老家伙。

哈　利

　　我们俩是同龄人,德拉科。

德拉科

　　我不显老。

哈　利

　　五花大绑!

　　　　德拉科被捆得结结实实。

德拉科

　　这就是你最拿手的?绳松索断!

　　　　德拉科给自己松了绑。

　　倒挂金钟!

　　　　哈利不得不纵身一跃躲闪。

　　僵尸飘行!哦,真是太好玩了……

　　　　德拉科一次次把哈利撞在桌上。后来,哈利一骨碌闪开,德拉科跳到桌上——他举起魔杖做好准备,可是哈利已经用咒语击中了他……

哈　利

　　掩目蔽视!

　　　　德拉科立刻就自己解除了蒙蔽他眼睛的魔咒。

第 一 部

两人摆开架势——哈利扔出一把椅子。

德拉科低头躲过,用魔杖让椅子减速。

金　妮

我刚离开这个房间三分钟!

她看着厨房里的一片狼藉。她看着悬在半空的椅子。她用魔杖指挥它们回到地面。

(口气十分冷淡。)我错过了什么?

第二幕　第十四场

霍格沃茨，楼梯

斯科皮闷闷不乐地走下一道楼梯。

戴尔菲从另一侧匆匆上场。

戴尔菲

　　嗯——严格来说——我不应该在这儿的。

斯科皮

　　戴尔菲？

戴尔菲

　　实际上，严格来说，我正在威胁到我们的整个行动计划……现在情况不……说实在的，我不像你们以为的那样是个天生的冒险家。我从没有来过霍格沃茨。这里的安保很懈怠，是不是？这么多肖像。这么多走廊。这么多幽灵！那个脑袋掉了一半、怪模怪样的幽灵告诉我在哪儿能找到你，你能相信吗？

斯科皮

　　你没有来过霍格沃茨？

戴尔菲

　　我——小时候——身体不好——有许多年。其他人都来上学

第 一 部

了——我没有。

斯科皮

你——生过重病？对不起，我不知道。

戴尔菲

我不想张扬这件事——我不愿意别人把我看成一个悲剧人物，知道吗？

> 这话在斯科皮心里引起共鸣。他刚想说些什么，但是戴尔菲突然猫腰躲起来了，因为一个学生从这里经过。斯科皮努力装出一副随便的样子，等那学生走过去。

他们走了吗？

斯科皮

戴尔菲，也许你上这儿来太危险了——

戴尔菲

可是——必须有人对此采取一些行动。

斯科皮

戴尔菲，根本不管用，时间穿越，我们失败了。

戴尔菲

我知道。阿不思派猫头鹰给我送了信。历史书的内容有变化，但还不够——塞德里克还是死了。实际上，第一个项目的失败，反而使他更铁了心要在第二个项目中获胜。

斯科皮

而且罗恩和赫敏完全错过了彼此——我仍然弄不懂这是怎么回事。

戴尔菲

所以，塞德里克的事只能等等了。现在情况非常混乱，斯科皮，你留着时间转换器是完全正确的。但我的意思是——在你们俩的

第二幕　第十四场

问题上，必须有人采取点行动。

斯科皮

哦。

戴尔菲

你们是最好的朋友。从他派出的每只猫头鹰送来的信上，我都能感觉到你的缺席。这简直把他给毁了。

斯科皮

听起来他好像找到了一个哭泣时可供依靠的肩膀。他一共派了多少猫头鹰给你送信？

　　戴尔菲温柔地笑了。

对不起。只是——我不是故意——我只是不明白究竟是怎么回事。我想见他，想跟他说话，但每次我这么做，他都跑开了。

戴尔菲

你知道，我在你这么大的时候，没有自己最好的朋友。我渴望有一个。心心念念地渴望。更小的时候，我甚至幻想出一个朋友，但是——

斯科皮

我也幻想过一个这样的朋友。名叫菲拉瑞。我们为高布石游戏的正确规则闹翻了。

戴尔菲

阿不思需要你，斯科皮。那是件美妙的事情。

斯科皮

他需要我去做什么？

戴尔菲

这才是关键，是不是？关于友谊。你不知道他需要什么。你只知道他需要你。去找他吧，斯科皮。你们俩——你们俩注定应该在一起。

第二幕　第十五场

哈利和金妮·波特的家中，厨房

哈利和德拉科分坐在两端。金妮站在他们中间。

德拉科

　　抱歉把你的厨房搞成这样，金妮。

金　妮

　　哦，这不是我的厨房。家里主要是哈利做饭。

　　　　一阵沉默。

德拉科（对他来说勉为其难）

　　我也没法跟斯科皮交谈。特别是自从——自从阿斯托里亚去世之后。我甚至不能跟他谈起失去母亲对他产生了什么影响。我苦苦地尝试，却怎么也够不到他。你没法跟阿不思交谈。我没法跟斯科皮交谈。这才是问题的关键。而不是我儿子有多么恶劣。你既然能相信一个高傲自大的马人，也应该知道友谊的力量。

哈　利

　　德拉科，不管你怎么认为——

德拉科

　　我一直嫉妒你有他们，知道吗——你有韦斯莱和格兰杰。我有——

第二幕 第十五场

金　妮

　　克拉布和高尔。

德拉科

　　两个笨蛋，连扫帚的两头都分不清。你们——你们三个——你们当时风光无限，知道吗？你们互相喜欢。你们玩得很开心。我嫉妒你们的那份友谊，胜过嫉妒任何别的东西。

金　妮

　　我也嫉妒他们。

　　　　哈利看着金妮，一脸惊讶。

哈　利

　　我需要保护他——

德拉科

　　我父亲当年也认为他在保护我。大多数时候。人们说为人父母是世界上最难的事——他们错了——成长才是。我们只是都忘记了当时有多难。

　　　　虽然哈利拼命抵制，但这些话还是引起了他的共鸣。

　　我认为——在某个时候——你必须选择自己想做一个什么样的人。我告诉你吧，那时候你就需要一位家长或一个朋友。如果那时候你学会了仇恨家长，同时又没有朋友……你就会感到非常孤独。而孤独的滋味——是特别难受的。我当年就很孤独。孤独把我逼向了真正的黑暗空间。很长时间。汤姆·里德尔当初也是一个孤独的孩子。你可能不理解这些，哈利，但我理解——而且我认为金妮也能理解。

金　妮

　　他说得对。

　　　　哈利抬头看着金妮。

第 一 部

德拉科

汤姆·里德尔没能从黑暗空间里走出来。所以汤姆·里德尔变成了伏地魔。也许贝恩看见的那团黑云就是阿不思的孤独。他的痛苦。他的怨恨。别失去那个男孩。你会后悔的。他也会后悔的。因为他需要你，还需要斯科皮。

哈利看着德拉科，他在思考。

他张嘴想说话。他在思考。

金　妮

哈利，是你去拿飞路粉，还是我？

第二幕　第十六场

霍格沃茨，图书馆

斯科皮来到图书馆。他看看左边，看看右边。然后他看见了阿不思。阿不思也看见了他。

斯科皮

　　嗨。

阿不思

　　斯科皮。我不能……

斯科皮

　　我知道。你现在到了格兰芬多。你现在不想见我了。但我还是来了。想跟你谈谈。

阿不思

　　可是，我不能谈，所以……

斯科皮

　　你必须跟我谈。你认为你可以对发生的所有事情视而不见吗？世界整个儿都发疯了，你注意到了吗？

阿不思

　　我知道，好吗？罗恩变得古里古怪。赫敏成了教授，这全都错了，

第 一 部

可是——

斯科皮

而且罗丝根本不存在了——

阿不思

我知道。告诉你,我什么也不明白,但你不能在这儿。

斯科皮

——就因为我们做的事,罗丝压根儿没出生。你还记得听说过的三强争霸赛的圣诞舞会吗?争霸赛的四位勇士都要挑选一位舞伴。你爸爸选的是帕瓦蒂·佩蒂尔,威克多尔·克鲁姆选的是——

阿不思

赫敏。结果罗恩醋意大发,表现得像个傻瓜。

斯科皮

可是他没有。我找到了丽塔·斯基特写的关于他们的书。内容截然不同。罗恩带赫敏去参加了舞会。

阿不思

什么?

波利·查普曼

嘘!

　　斯科皮看着波利,降低了嗓音。

斯科皮

作为朋友。他们非常友好地跳了舞,感觉不错,然后罗恩跟帕德玛·佩蒂尔跳舞,感觉更好,于是他们开始约会,他有了一些改变,后来他们就结婚了,而赫敏变成了一个——

阿不思

——精神变态者。

第二幕　第十六场

斯科皮

　　赫敏本来应该跟克鲁姆一起去参加舞会的——你知道她为什么没有吗？因为她怀疑，第一个项目前她遇见的那两个不认识的德姆斯特朗男生，跟塞德里克的魔杖消失有关系。所以她认为我们是听从威克多尔的盼咐，让塞德里克在第一个项目里……

阿不思

　　哇。

斯科皮

　　没有了克鲁姆，罗恩就没有嫉妒，而嫉妒实在太重要了，所以罗恩和赫敏一直是非常好的朋友，但从来没有彼此相爱——从来没有结婚——从来没有生下罗丝。

　　　　阿不思飞快地推测着。

阿不思

　　怪不得爸爸这么——他也改变了吗？

斯科皮

　　我相信你爸爸完全还是老样子。魔法法律执行司的司长。跟金妮结了婚。生了三个孩子。

阿不思

　　可是他怎么成了这样一个——

　　　　一个图书馆馆员从舞台后面出场。

斯科皮

　　你没听见我的话吗，阿不思？事情比你和你爸爸严重得多。根据克罗克教授的理论——不至于给穿越者或时间本身带来严重损害的穿越，最多回到五小时前。我们穿越回去了那么多年。哪怕最细微的时刻，最细微的变化，都会产生连锁反应。而我们——我们制造了非常严重的连锁反应。就因为我们的所作所为，罗丝压

第 一 部

根儿没出生。罗丝。

图书馆馆员

嘘！

阿不思快速地思考。

阿不思

很好，我们再穿越回去——把它纠正过来。把塞德里克和罗丝找回来。

斯科皮

……回答错误。

阿不思

时间转换器还在你手里，不是吗？没被人发现吧？

斯科皮从口袋里把时间转换器拿出来。

斯科皮

是的，但……

阿不思一把从他手里夺了过去。

不，不能……阿不思。难道你不明白事情会变得多糟糕吗？

斯科皮来抢时间转换器，阿不思把他推开，两人笨拙地扭打在一起。

阿不思

错误需要纠正，斯科皮。塞德里克仍然需要营救。罗丝需要找回来。这次我们会多加小心。不管克罗克说什么，请相信我，相信我们。这次我们肯定会万无一失的。

斯科皮

不，我们不会成功的。把它还给我，阿不思。还给我！

阿不思

不行。这件事太重要了。

第二幕　第十六场

斯科皮

　　没错，太重要了——我们对付不了。这玩意儿我们还没掌握。会出差错的。

阿不思

　　谁说我们会出差错？

斯科皮

　　我说的。因为我们确实在制造差错。我们把事情搞砸了。我们失败了。我们是失败者，是彻头彻尾的失败者。你还没有意识到这点吗？

　　　阿不思终于占了上风，把斯科皮摁倒在地上。

阿不思

　　好吧，我在认识你以前可不是失败者。

斯科皮

　　阿不思，不管你要向你爸爸证明什么——都不能通过这种方式——

阿不思

　　我没有什么要向我爸爸证明的。我必须去救出塞德里克，找到罗丝。也许，没有你拖我的后腿，我这次就能够成功了。

斯科皮

　　没有我？哦，可怜的阿不思·波特。真是一肚子委屈啊。可怜的阿不思·波特。太悲催了。

阿不思

　　你在说什么？

斯科皮（爆发）

　　你试试我的生活吧！人们看你，因为你爸爸是大名鼎鼎的哈利·波特，是巫师界的大救星。人们看我，因为他们以为我爸爸是伏地魔。

157

第 一 部

伏地魔。

阿不思

根本就不——

斯科皮

你能不能稍微想象一下那是什么感觉？你有没有试着想象过？没有。因为你只看得见鼻子底下那点地方。因为你除了你和你爸爸的那点破事，别的什么也看不见。他永远都会是哈利·波特，这点你知道吧？而你永远都会是他的儿子。我知道这很艰难，别的孩子都对你那么刻薄，但你必须学会忍受这些，因为——还有比这更糟糕的事情，懂吗？

停顿。

曾经有那么一刻我非常兴奋，当我意识到时间有了变化，那一刻我想也许我妈妈没有患病。也许我妈妈没有死。然而不是，我发现她还是死了。我仍然是伏地魔的孩子，是没妈的孩子，还要向那个不知道感恩回报的男孩表示同情。好吧，如果我毁了你的生活，我说声对不起，因为，我告诉你吧——你不会有机会毁掉我的生活——我的生活已经被毁了。你只是没有让它变好一点儿。因为你是个糟糕的——糟糕透顶的——朋友。

阿不思仔细领悟这番话。他明白自己对朋友做了什么。

麦格教授（从远处）

阿不思？阿不思·波特。斯科皮·马尔福。你们在里面吗——在一起吗？我建议你们不要在一起。

阿不思看着斯科皮，他从包里抽出一件袍子。

阿不思

快。我们需要藏起来。

第二幕　第十六场

斯科皮

　　什么？

阿不思

　　斯科皮，看着我。

斯科皮

　　这是隐形衣？它不是詹姆的吗？

阿不思

　　如果被麦格教授发现，我们就不得不永远分开了。求求你。是我以前没明白。求求你。

麦格教授（从远处，想尽量多给他们机会）

　　我要进来了。

　　　　麦格教授走进房间，手里拿着活点地图。两个男孩消失
　　　　在隐形衣下面。她恼火地四处张望。

　　咦，他们去哪儿了——我一直不想用这玩意儿的，现在它是在捉弄我。

　　　　她思索着。她重新查看地图。她确定了他们应该在哪里。
　　　　她在房间里四下环顾。
　　　　两个男孩穿着隐形衣走动，房间里的东西随之移动。她
　　　　看出他们往哪边走，想去拦住他们。但是他们闪身躲开了。
　　　　最后掉落了一本书，使她知道他们在做什么（和在用什么）。

　　你父亲的隐形衣。

　　　　她再次查看地图，她看着两个男孩。她在思考。她暗自
　　　　笑了。

　　好吧，既然我看不见你们，我就看不见你们吧。

　　　　她退场。两个男孩脱掉隐形衣。他们默默地坐了一会儿。

阿不思

　　是的，我从詹姆那儿把它偷了来。偷他的东西特别容易，他箱子

的密码就是他得到第一把飞天扫帚的日子。我发现有了隐形衣，躲避那些坏同学就容易多了。

　　斯科皮点点头。

对不起——你妈妈的事。我知道我们没怎么谈到她——但是我希望你知道——我很抱歉——真是太悲惨了——她的遭遇——你的遭遇。

斯科皮

谢谢。

阿不思

我爸爸说过——他说你是我周围的那团黑云。我爸爸开始认为——反正我知道自己不得不躲开，如果不这样，我爸爸说他就会——

斯科皮

你爸爸认为那些传言都是真的——我是伏地魔的儿子？

阿不思（点头）

他的部门目前正在调查此事。

斯科皮

好啊。让他们调查吧。有时候——有时候我发现连我自己都在想——没准儿那些传言确实是真的。

阿不思

不。不是真的。我来告诉你为什么吧。因为我认为伏地魔根本不可能有一个善良的儿子——而你很善良，斯科皮。你善良到了骨子里，善良到了指尖上。我真的相信伏地魔——伏地魔不可能有一个像你这样的儿子。

　　停顿。斯科皮被这番话感动。

斯科皮

真感人——这话说得真感人。

第二幕　第十六场

阿不思

　　这是我很久以前就应该说的话。你没有——也不可能——拖我的后腿——你让我变得更强大——当爸爸强迫我们分开——没有了你——

斯科皮

　　我也不太愿意我的生活里没有你。

阿不思

　　我知道我永远都会是哈利·波特的儿子——我要在脑子里理清这件事——我知道跟你相比，我的生活确实已经够好的了，他和我比较幸运，而且——

斯科皮（打断）

　　阿不思，作为道歉，这番话已经诚挚到有些过头了，但你又开始滔滔不绝地谈你自己，而不是谈我，所以恐怕你还是趁早打住为好。

　　　阿不思笑了，伸出一只手。

阿不思

　　朋友？

斯科皮

　　永远。

　　　斯科皮伸出手，阿不思把斯科皮拉过去拥抱。

　　这是你第二次这么做。

　　　两个男孩分开，笑了。

阿不思

　　我很高兴我们吵了这一架，因为这使我想到一个真正绝妙的主意。

斯科皮

　　关于什么的？

阿不思

　　跟第二个项目有关。还有羞辱。

第 一 部

斯科皮

你还在谈论穿越回去的事？我们刚刚进行的是同一场对话吗？

阿不思

你说得对——我们是失败者。我们在失败方面出类拔萃，所以应该利用我们自己的这些知识。利用我们自己的力量。失败者是被调教成失败者的。要把一个人调教成失败者，只有一个办法——我们比任何人都清楚这点——那就是羞辱。我们需要羞辱他。所以，这就是我们在第二个项目里要做的事情。

斯科皮思索着——思索良久——然后笑了。

斯科皮

这确实是条妙计。

阿不思

我知道。

斯科皮

我的意思是，简直精彩绝伦。为营救塞德里克而羞辱塞德里克。聪明。那么罗丝呢？

阿不思

那个我得留着，作为一份精彩的惊喜大礼。没有你我也能办成这件事——但我希望你在场。因为我希望我们共同做这件事。共同让事情重回正轨。那么……你来吗？

斯科皮

可是，等等，那个——当时——第二个项目不是在湖里进行的吗？而你是不能离开这所学校的呀？

阿不思咧嘴一笑。

阿不思

是的。关于这点……我们需要找到二楼的那间女生盥洗室。

第二幕　第十七场

霍格沃茨，楼梯

罗恩从楼梯上走下来，精疲力竭，接着他看见了赫敏，他的表情完全变了样。

罗　恩

格兰杰教授。

赫敏看过来，她心里也是一跳（但她肯定不会承认）。

赫　敏

罗恩。你在这里做什么？

罗　恩

潘朱在魔药课上又惹了点小麻烦。当然啦，是在炫耀，把两种不该放的东西放在了一起，他现在好像没了眉毛，还长出了一撇相当大的胡子。这副样子跟他可不般配。我本来不想来的，可是帕德玛说，关系到脸上长东西的事，男孩需要他们的父亲。你把你的头发弄了弄？

赫　敏

我想只是梳了梳吧。

第 一 部

罗　恩

嗯……梳一梳很适合你。

　　赫敏有点异样地看着罗恩。

赫　敏

罗恩，你能不能别这样一直看着我？

罗　恩（鼓起勇气）

你知道吗，哈利的儿子阿不思——那天对我说，他以为你和我——结婚了。哈哈。哈哈。这很荒唐，我知道。

赫　敏

非常荒唐。

罗　恩

他甚至还以为我们有一个女儿。那太奇怪了，是不是？

　　两人眼神交汇。赫敏先把目光移开。

赫　敏

奇怪至极。

罗　恩

太对了。我们是——朋友，仅此而已。

赫　敏

一点不错。只是——朋友。

罗　恩

只是——朋友。多么滑稽的字眼——朋友。也没那么滑稽。只是一个字眼而已。朋友。朋友。滑稽的朋友。你，我的滑稽的朋友，我的赫敏。不对——不是我的赫敏，你明白——不是**我的**赫敏——不是**我的**——你知道，可是……

赫　敏

我知道。

第二幕　第十七场

　　　　停顿。两人都纹丝不动。这一刻意味深长,动一动都会破坏这感觉。然后罗恩咳嗽。

罗　恩

　　好吧。我得走了。给潘朱解决问题。教教他修饰胡子的艺术。

　　　　他继续往前走。他转身,看着赫敏。赫敏也看着他,他又匆匆往前走去。

你的发型真的非常适合你。

第二幕　第十八场

霍格沃茨，校长办公室

麦格教授独自在台上。她看着地图。她皱起眉头。她用魔杖敲敲地图。她暗自微笑，认为自己刚才做出了一个令人满意的决定。

麦格教授

　　恶作剧完成。

　　　　一阵哗啦啦的声音。

　　　　整个舞台似乎都在震动。

　　　　金妮第一个从壁炉里出来，接着是哈利。

金　妮

　　教授，抱歉还是搞得这样狼狈。

麦格教授

　　波特。你们回来了。看来你们还是把我的地毯给毁了。

哈　利

　　我需要找到我的儿子。我们需要。

麦格教授

　　哈利,我仔细考虑过了,决定不再参与这件事情。不管你怎么威胁,我——

第二幕　第十八场

哈　利

　　米勒娃，我来这儿是为了和平，不是为了战争。我实在不应该对你那样说话。

麦格教授

　　我只是认为我不能干涉友谊，而且我相信——

哈　利

　　我需要向你道歉，向阿不思道歉，你能给我这个机会吗？

　　　　德拉科跟在他们后面到场，砰的一声，扬起一团煤灰。

麦格教授

　　德拉科？

德拉科

　　他需要见到他的儿子，我需要见到我的儿子。

哈　利

　　就像我说的——和平——不是战争。

　　　　麦格教授端详着他的面孔，看到了她希望看到的诚意。

　　　　她从口袋里重新掏出地图。她把地图打开。

麦格教授

　　好吧，如果是为了和平，我当然可以参与其中。

　　　　她用魔杖敲敲地图，叹了口气。

　　我庄严宣誓我不干好事。

　　　　地图被点亮，开始活动。

　　没错，他们是在一起。

德拉科

　　在二楼的女生盥洗室。见鬼，他们会在那儿做什么呢？

第二幕　第十九场

霍格沃茨，女生盥洗室

斯科皮和阿不思进入一间盥洗室。盥洗室中间有个很大的维多利亚水池。

斯科皮

好吧，让我把这件事理理清楚——计划是用膨胀咒……

阿不思

是的。斯科皮，拜托你把那块肥皂……

　　斯科皮从池子里摸出一块肥皂。

速速变大。

　　他用魔杖朝房间这头射出一道光柱。肥皂顿时膨胀成原来的四倍。

斯科皮

很好。我对你的崇拜也随之膨胀。

阿不思

第二个项目是在湖里完成的。勇士们要取回从他们手里偷走的东西，后来发现那是——

斯科皮

——他们所爱的人。

第二幕　第十九场

阿不思

　　塞德里克用了一个泡头咒，在湖里游。我们只需要跟踪他到湖里，然后用膨胀咒把他变得特别大。我们知道时间转换器给我们的时间有限，所以必须速战速决。找到他，给他的脑袋施个膨胀咒，看着他浮出湖面——远离项目——远离比赛……

斯科皮

　　可是——你还是没有告诉我，我们到底怎么去湖里……

　　　　就在此时，水池里突然喷出一股水柱，然后全身湿漉漉
　　　　的哭泣的桃金娘冒了出来。

哭泣的桃金娘

　　哇啊。感觉不错。以前一直不太喜欢这个。但是到了我这把岁数，就得知足啊……

斯科皮

　　当然——你可太聪明了——哭泣的桃金娘……

　　　　哭泣的桃金娘朝斯科皮俯冲下来。

哭泣的桃金娘

　　你叫我什么？我哭泣吗？我此刻在哭泣吗？我哭了吗？我哭了吗？

斯科皮

　　没有。

哭泣的桃金娘

　　我叫什么名字？

斯科皮

　　桃金娘。

哭泣的桃金娘

　　完全正确——桃金娘。桃金娘·伊丽莎白·沃伦——一个美丽的

第 一 部

名字——我的名字。不需要加上"哭泣的"。

她咯咯笑着。

有一段时间没见过了。男孩子。在我的盥洗室里。在我的女生盥洗室里。是啊，这么做是不对的……但是，话又说回来，我总是对波特家的男孩有点心软。而且我曾经对一个姓马尔福的也有点偏心。现在，你们二位需要我帮什么忙吗？

阿不思

你当年也在那儿，桃金娘——在湖里。他们写到你了。这些水管子肯定能通出去。

哭泣的桃金娘

我哪儿都去过。可是，你们说的到底是哪儿呢？

阿不思

第二个项目。湖里的项目。三强争霸赛里的。二十五年前。哈利和塞德里克。

哭泣的桃金娘

真可惜，死的偏偏是那个漂亮的。倒不是说你爸爸不漂亮——可是塞德里克·迪戈里——你们肯定会感到惊讶的，我曾听见那么多女生在这间盥洗室里念出爱的咒语……并且在他死后伤心哭泣。

阿不思

帮帮我们吧，桃金娘，帮助我们进入那片湖区。

哭泣的桃金娘

你认为我能帮助你们穿越时间？

阿不思

我们需要你保守秘密。

哭泣的桃金娘

我最喜欢秘密。我谁也不会告诉的。我向上天发誓，如果泄密就

第二幕　第十九场

去死。或者——遭遇同等惩罚。对幽灵的惩罚。你们懂的。

阿不思朝斯科皮点点头，斯科皮拿出时间转换器。

阿不思

我们可以穿越时间。你要帮助我们在水管里穿行。我们要去救塞德里克·迪戈里。

哭泣的桃金娘（咧嘴笑）

好啊，听起来很好玩儿。

阿不思

我们没有时间可浪费。

哭泣的桃金娘

就是这个水池。就是这个水池开口直接通到湖里。这严重违反了校规，但这所学校早就陈旧过时了。你们一猛子扎进去，就能从水管子直接冲进湖里。

阿不思三下两下脱掉袍子，钻进水池。斯科皮也这么做。

阿不思递给斯科皮一些装在袋子里的绿叶子。

阿不思

我吃几片，你吃几片。

斯科皮

鳃囊草？我们要用鳃囊草？为了能在水底下呼吸？

阿不思

就像当年我爸爸那样。怎么样，你准备好了吗？

斯科皮

记住，这次，可不能再让时间弄得我们措手不及……

阿不思

五分钟，我们只有五分钟，然后就会被拽回到现在。

第 一 部

斯科皮

告诉我，一切都会顺利的。

阿不思（咧嘴笑着）

一切都会非常顺利。你准备好了吗？

阿不思拿起鳃囊草，消失在水下。

斯科皮

不，阿不思——阿不思——

他抬起头，盥洗室里只剩下他和哭泣的桃金娘。

哭泣的桃金娘

我就喜欢勇敢的男孩。

斯科皮（有一点害怕，有一点点勇敢）

好吧，我完全准备好了。该来的就来吧。

他吃下鳃囊草，消失在水下。

桃金娘独自留在台上。

一道强光嗖地闪过。哗啦一声巨响。

时间停止。然后掉头，踌躇须臾，开始倒转……

两个男孩不见了。

哈利跑上台，愁眉紧锁，他身后跟着德拉科、金妮和麦格教授。

哈 利

阿不思……阿不思……

金 妮

他不见了。

他们在地上发现两个男孩的袍子。

麦格教授（查看地图）

他消失了。不，他在霍格沃茨的地底下移动，不，他消失了——

第二幕　第十九场

德拉科

怎么会这样？

哭泣的桃金娘

他用了一个非常漂亮的小玩意儿。

哈　利

桃金娘！

哭泣的桃金娘

哎哟，被你们抓住了。我一直拼命想藏起来的。你好，哈利。你好，德拉科。你们两个男孩又干坏事了？

哈　利

他用的是什么玩意儿？

哭泣的桃金娘

我认为这是一个秘密，但是面对你，哈利，我什么秘密也藏不住。你怎么会越老越帅，越老越帅呢？

哈　利

我儿子有危险。我需要你的帮助。他们在做什么，桃金娘？

哭泣的桃金娘

他要去救一个小帅哥。一个名叫塞德里克·迪戈里的人。

　　哈利立刻明白了是怎么回事，顿时十分惊恐。

麦格教授

可是塞德里克·迪戈里许多年前就死了……

哭泣的桃金娘

他似乎很有把握能搞定那件事。他非常自信，哈利，跟你一模一样。

哈　利

他听见了我跟——跟阿莫斯·迪戈里的谈话……难道他拿到

第 一 部

了……部里的时间转换器。不，那不可能。

麦格教授

部里有一个时间转换器？难道不是都被销毁了吗？

哭泣的桃金娘

每个人都这么淘气吗？

德拉科

劳驾，有没有人解释一下这是怎么回事？

哈 利

阿不思和斯科皮并不是突然消失又突然出现——他们是在穿越。穿越时间。

第二幕　第二十场

三强争霸赛，湖，1995

卢多·巴格曼

女士们、先生们，男生们、女生们，我向你们介绍——最伟大的——神妙无比的——独一无二的**三强争霸赛**。

如果你是霍格沃茨的，请给我一点掌声。

> 掌声雷动。
>
> 此刻阿不思和斯科皮正从湖里游来。动作轻盈优美地在水中下潜。

如果你是德姆斯特朗的——请给我一点掌声。

> 掌声雷动。

如果你是布斯巴顿的，请给我一点掌声。

> 掌声不似先前那么有气无力了。

法国朋友好像渐入佳境了。

他们出发了……威克多尔成了鲨鱼，这是不用说的，芙蓉看上去可圈可点，始终勇敢无畏的哈利用的是鳃囊草，机智的哈利，非常机智——然后是塞德里克——啊，塞德里克，女士们、先生们，多么美妙啊，塞德里克用了泡头咒，让自己在湖里畅游。

> 塞德里克·迪戈里在水里接近他们，他脑袋上罩了一个

第 一 部

　　大气泡。阿不思和斯科皮同时举起魔杖，在水里射出了
　　一个膨胀咒。

　　塞德里克转身看着他们，一脸迷惑。这时咒语击中了他。
　　他周围的湖水闪烁着金光。

　　然后塞德里克开始膨胀——继续膨胀——又膨胀了一些。

　　他看看自己周围——极度惶恐。两个男孩注视着塞德里
　　克无助地浮向水面。

可是，糟糕，怎么回事……塞德里克·迪戈里浮出了水面，似乎退出了比赛。哦，女士们、先生们，我们没有迎来我们的胜利者，却无疑迎来了我们的失败者。塞德里克·迪戈里正在变成一个气球，这个气球想飞起来。飞起来，女士们、先生们，飞起来。飞离这个项目，飞离比赛，而且——哦，天哪，事情越来越离谱了，在塞德里克周围，烟火绽放，热烈地宣布——"罗恩爱赫敏"——观众最喜欢这一幕——哦，女士们、先生们，看看塞德里克的脸。真是好看，真是壮观，真是一场悲剧。这是一种耻辱，没有别的词可以形容。

　　阿不思露出灿烂的笑容，在水里跟斯科皮击掌庆贺。

　　然后阿不思指指上面，斯科皮点点头，两人开始往上游
　　去。当塞德里克浮出水面时，人群哄笑起来，这时一切
　　都开始变化。

　　世界变得昏暗。实际上世界变得几乎一片漆黑。

　　一道强光一闪。一声巨响。时间转换器的嘀嗒声停止。
　　时间回到了当下。

　　斯科皮突然出现，从水里蹿上来。他的神情扬扬自得。

斯科皮

　　哟——嗬！

第二幕　第二十场

>他环顾四周，感到惊讶。阿不思呢？他把双臂伸向空中。

我们成功了！

>他又等了一下。

阿不思？

>阿不思仍然没有出现。斯科皮蹚水走了几步，他凝神思索，然后又一头扎进水里。
>
>他再一次冒出来。此刻已然方寸大乱。他四下张望。

阿不思……阿不思……阿不思。

>这时出现了蛇佬腔的低语。低语声在观众席中迅速掠过。
>
>他来了。他来了。他来了。

多洛雷斯·乌姆里奇

斯科皮·马尔福。快从湖里出来。快从湖里出来。马上。

>她把他从水里拽出来。

斯科皮

小姐。我需要帮助。求求你，小姐。

多洛雷斯·乌姆里奇

小姐？我是乌姆里奇教授，你们学校的校长，我不是什么小姐。

斯科皮

你是校长？可是我……

多洛雷斯·乌姆里奇

我是校长，不管你的家族多么显赫——你也没有理由在这里游手好闲，瞎胡闹。

斯科皮

有一个男孩在这片湖里。你需要请人来帮忙。我在找我的朋友，小姐。教授。校长。是霍格沃茨的一个学生，小姐。我在找阿不思·波特。

第 一 部

多洛雷斯·乌姆里奇

波特？阿不思·波特？没有这么一个学生。实际上，霍格沃茨已经很多年没有姓波特的学生了——当年那个男生的下场也不怎么样。他不是在安宁中长眠，哈利·波特，而是在永恒的绝望中长眠。他完全就是个制造麻烦的人。

斯科皮

哈利·波特死了？

突然，从观众席上，飘来一种阴风吹过的感觉。一些黑袍在人群中升起。黑袍变成了黑色的形体。变成了摄魂怪。

摄魂怪在观众席飞来飞去。这些致命的黑色形体，这些致命的黑色力量。它们是最恐怖的东西。它们吸走了剧场里的精气神。

风在继续。这是地狱。然后，从剧场后方传来低语声，萦绕在每个人的耳际。说话的那个声音，毫无疑问是伏地魔的声音……

哈——利·波——特……

哈利的噩梦变成了现实。

多洛雷斯·乌姆里奇

你是不是吞了这湖里的什么怪东西？在不知不觉中变成了泥巴种？哈利·波特二十多年前就死了，是学校那次失败的政变中的牺牲品——他是邓布利多手下的恐怖分子之一，我们在霍格沃茨战役中勇敢地战胜了他们。好了，快走吧——我不知道你在玩什么花样，但是你惹恼了摄魂怪，完全破坏了伏地魔日。

蛇佬腔的低语声越来越响，越来越响。响得令人胆寒。

一些巨大的横幅，上面印着蛇的符号，降落在舞台上。

第二幕　第二十场

斯科皮置身于这一切恐怖的中心。

斯科皮

伏地魔日？

舞台转为黑暗。

第一部完

第 二 部

第 二 部

第 三 幕

第三幕　第一场

霍格沃茨，校长办公室

现在我们无疑置身于一个被改写的世界。

这是一个黑暗的世界。

大地覆盖着一层灰——使地面呈现一种不安和恐怖的白色。

这体现在舞台布景——体现在音乐——更重要的，体现在我们所选择的基调上。

哈利死了。伏地魔复活，称霸世界。所有的一切都变了样。

斯科皮走进多洛雷斯·乌姆里奇的办公室。他穿着颜色更深、更黑的校袍。他脸上有一种忧郁的神情。他意识到来自四面八方的危险，愁眉不展，时刻保持警惕。

多洛雷斯·乌姆里奇

　　斯科皮。非常感谢你过来见我。

斯科皮

　　校长好。

多洛雷斯·乌姆里奇

　　斯科皮，你知道，很长时间以来，我一直认为你具有男生学生会主席的潜质。纯血统，与生俱来的领导才能，出色的运动天赋……

第 二 部

斯科皮

运动天赋？

多洛雷斯·乌姆里奇

没必要谦虚，斯科皮。我看见过你在魁地奇球场的表现，很少有金色飞贼能逃得过你的掌心。你是一个受到高度重视的学生。受到教师们的重视。特别是受到我的重视。我专门发快件给卜鸟，对你大加称赞。我们共同努力，赶走了那些半吊子学生，把这所学校变成了一个更安全——更纯净——的地方。

斯科皮

是吗？

远处传来一声惨叫。斯科皮循声转过头去。但是他摆脱了那个念头。他要控制自己，必须控制自己。

多洛雷斯·乌姆里奇

可是，自从伏地魔日我在湖边发现你，这三天以来你变得……越来越古怪——特别是突然对哈利·波特这么感兴趣……

斯科皮

我没有……

多洛雷斯·乌姆里奇

逢人就打听霍格沃茨战役。打听波特是怎么死的。波特是为什么死的。还有你对塞德里克·迪戈里的这种莫名其妙的痴迷。斯科皮——我们检查了你是否中了恶咒和魔咒，但是什么也没能发现——所以，我想问问有什么我能做的——让你恢复原来的样子……

斯科皮

不。不。就当我已经恢复了吧。只是一时鬼迷心窍。仅此而已。

多洛雷斯·乌姆里奇

那么我们可以继续一起工作了？

第三幕　第一场

斯科皮

可以。

她把手放在心口，然后把两只手腕贴在一起。

多洛雷斯·乌姆里奇

为了伏地魔和勇气。

斯科皮（试图模仿）

为了——嗯——是的。

第三幕　第二场

霍格沃茨，场地

舞台开始旋转，斯科皮随着转动，寻找能够解除他的困境的办法——什么都行。

卡尔和扬充满了热情和活力。他们快步走向斯科皮。

卡尔·詹金斯

嘿，蝎子王①。

他跟斯科皮击掌。很疼，斯科皮勉强忍受了。

扬·弗雷德里克斯

计划没变吧，明天晚上？

卡尔·詹金斯

我们已经做好准备，把那几个顽固的泥巴种的嘴巴撬开。

他们退场。

波利·查普曼

斯科皮。

---

① 蝎子王是古埃及前王朝时代的一位君王。斯科皮（Scorpius）的名字意为天蝎座，故有此外号。

第三幕　　第二场

　　　　波利·查普曼站在楼梯上，斯科皮猛地转向她。

斯科皮

波利·查普曼？

波利·查普曼

我们长话短说好吗？我知道大家都盼着知道你会邀请谁，你懂的，你需要邀请某个人，而我呢，我已经受到三个人的邀请了，而且我知道不止我一个人在拒绝别人。我琢磨着，你懂的，说不定你会邀请我。

斯科皮

是的。

波利·查普曼

那太好了。如果你有兴趣。听传言说——你有兴趣。我只想把话说清楚——现在就说清楚——我也同样有兴趣。而且不是传言——是事实——事实。

斯科皮

那就，嗯——太好了，可是——我们谈论的是什么事呢？

波利·查普曼

嗜血舞会呀，那还用说——你打算——蝎子王——你打算带谁去参加嗜血舞会？

斯科皮

你——波利·查普曼——想让我带你去参加——舞会？

　　　　他身后传来惨叫声。

这叫声是怎么回事？

波利·查普曼

当然是泥巴种呀。在地牢里。还是你的主意呢，不是吗？你这是中了什么邪啊？哦，该死的波特，我的鞋子又沾上血了……

第 二 部

  她弯下腰,仔细擦去鞋子上的血迹。

  就像卜鸟坚称的那样——未来将由我们去创造——所以我在这里——跟你一起——创造未来。为了伏地魔和勇气。

斯科皮

  是为了伏地魔。

  波利走开了,斯科皮痛苦地看着她的背影。这是个什么世界——他在这个世界里成了什么?

  他继续旋转,隐没……

第三幕　第三场

魔法部，魔法法律执行司司长办公室

德拉科带着一种我们以前没有见过的气派。他周身透着权力的气息和威严。从房间两侧垂下卜鸟旗帜——上面印有法西斯风格的卜鸟图案。

德拉科
　　你迟到了。
斯科皮
　　这是你的办公室？
德拉科
　　你迟到了，而且毫无歉意。也许你拿定主意要让问题复杂化。
斯科皮
　　你是魔法法律执行司司长？
德拉科
　　大胆！你怎么敢让我难堪，让我等待，而且一句道歉的话都没有！
斯科皮
　　对不起。

第 二 部

德拉科

　　说先生。

　　　　斯科皮抬起头，想弄清他爸爸怎么了。

斯科皮

　　对不起，先生。

德拉科

　　我辛苦培养你，不是为了让你不求上进，斯科皮。我辛苦培养你，不是为了让你在霍格沃茨丢我的脸。

斯科皮

　　丢你的脸，先生？

德拉科

　　哈利·波特，除了那些令人尴尬的事情，你还追着打听哈利·波特的情况。你竟敢玷辱马尔福家的名声。

　　　　斯科皮脑海中闪过一个可怕的念头。

斯科皮

　　哦，不。难道你对此负有责任？不。不。不可能。

德拉科

　　斯科皮……

斯科皮

　　今天的《预言家日报》上——三名巫师炸毁桥梁，就为了看看一次爆炸能干掉多少个麻瓜——是你干的吗？

德拉科

　　你给我当心点儿。

　　　　斯科皮步步逼近他爸爸，每一步都在谴责他。

斯科皮

　　"泥巴种"死亡营，酷刑，把那些反抗他的人活活烧死。这些

第三幕　第三场

事跟你有多少关系？妈妈总是告诉我，你有许多我看不见的优点，难道这就是你的真面目，是吗？一个刽子手，一个虐待狂，一个——

德拉科站起身，使劲把斯科皮拽到桌上。动作惊人地粗暴、凶狠。

德拉科

不许滥用她的名字，斯科皮。不许通过这种方式让自己占上风。这样太贬低她了。

斯科皮什么也没说。惊恐，害怕。德拉科看出了这点。

他松开斯科皮的脑袋。他不愿意伤害儿子。

不，是那些白痴炸死了麻瓜，不是我干的，不过卜鸟会请我用金子去收买麻瓜首相……你妈妈真的是那样说我的？

斯科皮

她说，爷爷当年不太喜欢她——反对这门婚事——认为她太喜欢麻瓜了——太柔弱了——可是你为了她公然反抗爷爷。她说这是她见过的最勇敢的行为。

德拉科

她很容易使人变得勇敢，你的妈妈。

斯科皮

不过那是——另一个你。

他看着爸爸，德拉科也皱着眉头看他。

我做过一些坏事，你做过更坏的事。我们变成了什么，爸爸？

德拉科

我们什么也没变——我们还是原来的自己。

斯科皮

马尔福家族。你永远能靠这个家族把世界变成一个更阴郁的地方。

第 二 部

　　　　这话触到了德拉科的痛处，他仔细打量着斯科皮。

德拉科

　　学校里的这档子事——是怎么引起来的？

斯科皮

　　我不想做现在的自己。

德拉科

　　这话从何说起？

　　　　斯科皮拼命思考怎么讲述他的故事。

斯科皮

　　我看见过不一样的自己。

德拉科

　　你知道我最爱你妈妈什么吗？她总是能帮助我在黑暗中发现亮光。她使世界——至少我的世界——不那么——你刚才用的什么词——不那么"阴郁"。

斯科皮

　　是吗？

　　　　德拉科打量儿子。

德拉科

　　我没想到你继承了她这么多。

　　　　停顿。他仔细端详着斯科皮。

　　不管你在做什么——千万注意安全。我不能再失去你了。

斯科皮

　　好的。先生。

　　　　德拉科最后一次看着儿子——试图读懂他的思想。

　　　　他把手放到手腕上，这动作现已十分熟悉。

第三幕　第三场

德拉科

　　为了伏地魔和勇气。

　　　　斯科皮看着他，退出房间。

斯科皮

　　为了伏地魔和勇气。

第三幕　第四场

霍格沃茨，图书馆

斯科皮走进图书馆，开始拼命地在书里查找。他找到一本历史书。

斯科皮

塞德里克是怎么变成一个食死徒的呢？我漏掉了什么？帮我——在黑暗中找到一些亮光。

小克雷格·鲍克

你怎么在这儿？

斯科皮转过身，看见焦头烂额的克雷格。

斯科皮

我为什么不能在这儿？

小克雷格·鲍克

还没有写完呢。我正以最快的速度写着。可是斯内普教授布置的作业太多了，而且我要写两种不同风格的文章。我是说，我绝对没有抱怨的意思……对不起。

斯科皮

再说一遍。从头说。什么没有写完？

第三幕　第四场

小克雷格·鲍克

　　你的魔药课作业。我很高兴做这件事——简直巴不得呢——我知道你讨厌做作业，讨厌看书，我从来没有让你失望过，你知道的。

斯科皮

　　我——讨厌——做作业？

小克雷格·鲍克

　　你是蝎子王啊。你当然讨厌做作业。你拿着《魔法史》做什么？那篇作业能不能也让我写？

　　　　停顿。斯科皮凝视克雷格片刻，然后把历史书扔还给他。

　　　　克雷格接住，退场。

　　　　过了一会儿，斯科皮突然产生一个想法，不由皱起了眉头。

斯科皮

　　他刚才是说斯内普吗？

第三幕　第五场

霍格沃茨，魔药课教室

斯科皮跑进魔药课教室。把门重重关上。西弗勒斯·斯内普抬头看着他。

斯内普

没有人教过你敲门吗，孩子？

> 斯科皮抬头看着斯内普，有点喘不过气来，有点不敢确定，有点欣喜若狂。

斯科皮

西弗勒斯·斯内普。不胜荣幸。

斯内普

叫我斯内普教授就好。你在这个学校里或许表现得像个王，马尔福，但这并不能使我们都成为你的臣民。

斯科皮

可是你能够解答……

> 斯内普的尖刻一如既往。

斯内普

我真是非常乐意。如果你有什么话要说，孩子，那就请说吧……如果没有，请出门的时候把门关上。

第三幕　　第五场

斯科皮

我需要你的帮助。

斯内普

我天生乐于助人。

斯科皮

我也不知道我——需要的是什么帮助。你现在还潜伏着吗？你现在还秘密地为邓布利多工作吗？

斯内普

邓布利多？邓布利多已经死了。我为他工作是公开的——我在他的学校里教书。

斯科皮

不。你不只是教书。你还为他监视食死徒。你为他出谋划策。每个人都以为是你谋害了他——后来才发现你一直都在支持他。你拯救了世界。

斯内普惊惧而愤怒地咆哮。

斯内普

这些都是非常危险的说法，孩子。别以为你姓马尔福就能阻止我惩罚你。

斯科皮

如果我告诉你，还存在另外一个世界——在那个世界里，伏地魔在霍格沃茨战役中被打败了，哈利·波特和邓布利多军获胜了，如果那样，你会是什么感觉……

斯内普

我会说，霍格沃茨的宠儿蝎子王精神失常的传言不是空穴来风。

斯科皮

有一个偷来的时间转换器。我偷了一个时间转换器。跟阿不思一

第 二 部

起偷的。我们想让塞德里克·迪戈里起死回生。我们想阻止他赢得三强争霸赛。没想到我们这么一来，却把他变成了一个几乎完全不一样的人。

斯内普

哈利·波特赢得了那场三强争霸赛。

斯科皮

他不应该一个人赢的。塞德里克应该跟他一起获胜。可是我们羞辱了塞德里克，使他退出了比赛。结果，那次羞辱把塞德里克变成了一个食死徒。我没法弄清他在霍格沃茨战役中做了什么——他是不是杀死了什么人，或者——但他肯定做了些什么，改变了一切。

斯内普

塞德里克·迪戈里只杀死了一名巫师，那也不是什么重要人物——纳威·隆巴顿。

斯科皮

哦，对了，这就是了！隆巴顿教授本该杀死纳吉尼，伏地魔的那条蛇。纳吉尼必须先死，伏地魔才会死。就是这样！你把问题解决了！我们毁掉了塞德里克，他杀死了纳威，伏地魔赢得了战役。你能看出来吗？你能看出这里面的关系吗？

斯内普

我能看出这是马尔福在玩花招。快出去，不然我就通知你的父亲，让你吃不了兜着走。

斯科皮思考了一番，然后孤注一掷，打出了最后一张牌。

斯科皮

你爱他的妈妈。具体情况我不记得了。我知道你爱他的妈妈。哈利的妈妈。莉莉。我知道你潜伏了许多年。我知道若是没有你，

第三幕　　第五场

战争绝对不会打赢。如果我没有看到另一个世界，我怎么会知道这些……？

>斯内普没有说话，他完全不知所措。

只有邓布利多知道，是不是？你失去他之后，一定感到非常孤独。我知道你是个好人。哈利·波特告诉他儿子，你是一个了不起的男人。

>斯内普看着斯科皮，不能确定这是怎么回事。是恶作剧吗？他彻底茫然了。

斯内普

哈利·波特死了。

斯科皮

在我的世界里他没有死。他说你是他见过的最勇敢的男人。你看，他知道——他知道你的秘密——知道你为邓布利多做的事情。他为此敬佩你——由衷地敬佩你。所以，他给他的儿子——我最好的朋友——起了你们俩的名字。阿不思·西弗勒斯·波特。

>斯内普顿住了。他被深深触动。

求求你——为了莉莉，为了那个世界，帮帮我吧。

>斯内普思索片刻，然后走向斯科皮，一边拿出自己的魔杖。斯科皮后退一步，神色惶恐。斯内普用魔杖朝门发射咒语。

斯内普

快快禁锢！

>一把无形的锁咔嗒一声归位。斯内普打开教室后面的一道门闩。

好吧，那就来吧……

第 二 部

斯科皮

只有一个问题，我们——到底——要去哪儿？

斯内普

我们不得不转移了好多次。我们驻扎的地方都被他们捣毁了。这儿通向藏在打人柳根部的一个房间。

斯科皮

好吧，你说的"我们"是谁？

斯内普

哦。你会看到的。

第三幕　第六场

作战指挥部

地下。空气里充斥着泥土、灰尘和无望（但必不可少）的努力。斯科皮被形象威武的赫敏摁在了桌子上。赫敏的衣服破旧，但她目光灼灼，完全是一副战士的样子，这与她很相配。

赫　敏

　　再敢动一动，你的脑袋就会变成青蛙，你的胳膊就会变成橡皮泥。
　　　　斯内普跟在斯科皮后面走进房间。

斯内普

　　没危险。他没危险。（停顿。）你知道你永远听不进话。你做学生的时候就特别令人讨厌，现在也特别讨厌——不管你是什么身份。

赫　敏

　　我当年可是个出色的学生。

斯内普

　　只能说马马虎虎。他是我们这边的人！

斯科皮

　　没错，赫敏。
　　　　赫敏看着斯科皮，仍然充满怀疑。

第 二 部

赫　敏

大多数人都叫我格兰杰。你说的话我一个字也不相信，马尔福。

斯科皮

这一切都怪我。都怪我。还有阿不思。

赫　敏

阿不思？阿不思·邓布利多？阿不思·邓布利多跟这事儿有什么关系？

斯内普

他说的不是邓布利多。你可能需要坐下来。

> 罗恩跑进来。他的头发根根直立。他的衣服破旧肮脏。
> 他这副反叛者的形象，比赫敏略逊一筹。

罗　恩

斯内普，大驾光临——（他看见斯科皮，立刻神色惊慌）他在这儿做什么？

> 他摸索着去掏魔杖。

我是有武器的，而且——非常危险，我严肃地警告你——

> 他意识到他的魔杖拿倒了，把它掉转过来。

——你给我放老实点儿——

斯内普

他没危险，罗恩。

> 罗恩看着赫敏，赫敏点点头。

罗　恩

感谢邓布利多。

第三幕　第七场

作战指挥部

赫敏坐着研究时间转换器，罗恩努力理解这一切。

罗　恩

那么，你想告诉我的是，整个历史都依赖于……纳威·隆巴顿？这真是太荒唐了。

赫　敏

这是真的，罗恩。

罗　恩

好吧。你这么确信，是因为……

赫　敏

他知道斯内普的那些事——知道我们大家的那些事——他根本不可能……

罗　恩

也许他只是特别善于猜测？

斯科皮

不是这样。你们能帮忙吗？

第 二 部

罗　恩

能帮忙的也只有我们了。邓布利多军从巅峰时期到现在，已经大大萎缩，实际上——

　　他沉吟片刻，这对他来说太痛苦了。

——大概就剩下我们几位了，但我们一直在继续战斗。藏在他们的眼皮底下。尽我们所能去挠挠他们的鼻毛。这位格兰杰是个被通缉的女人。我是个被通缉的男人。

斯内普（干巴巴地）

你没那么抢手。

赫　敏

我们得搞清楚：在另一个世界里……在你们插手干涉之前？

斯科皮

伏地魔死了。在霍格沃茨战役中被杀死。哈利是魔法法律执行司司长。你是魔法部部长。

　　赫敏顿住了，深感意外，她微笑着抬起头。

赫　敏

我是魔法部部长？

罗　恩（也想来凑热闹）

太棒了。我是做什么的？

斯科皮

你在经营韦斯莱魔法把戏坊。

　　罗恩顿时拉长了脸。

罗　恩

好吧，她是堂堂魔法部部长，我经营一家——把戏坊？

　　斯科皮看着罗恩一脸受伤的表情。

第 三 幕　　第七场

斯科皮

　　你主要是集中精力抚养你们的孩子。

罗　　恩

　　太好了。我估计他们的妈妈很有吸引力。

斯科皮（脸红了）

　　其实……嗯……就看你怎么想了……实际上，你们俩，好像是——共同有了孩子。一儿一女。

　　　　两人抬起头，神情惊愕。

结婚了。彼此相爱。如此等等。上次你们也非常惊讶。那次你是黑魔法防御术课的老师，罗恩娶了帕德玛。你们总是为这件事不断惊讶。

　　　　赫敏和罗恩互相看着对方，然后挪开了目光。接着罗恩又再次看着赫敏。罗恩不停地清嗓子。一次比一次更不自信。

赫　　敏

　　你看我的时候把嘴闭上，韦斯莱。

　　　　罗恩照办了。不过他还是满脸疑惑。

　　还有——斯内普呢？斯内普在另一个世界里是做什么的？

斯内普

　　我猜是死了。

　　　　他看着斯科皮。斯科皮拼命想隐瞒真相，但忍不住表现了出来，斯内普淡淡一笑。

　　你看见我的时候有点太意外了。我怎么死的？

斯科皮

　　英勇战死。

斯内普

　　谁干的？

第 二 部

斯科皮

伏地魔。

斯内普

多么令人恼火。

　　沉默,斯内普仔细体会这番话。

不过,我想,被黑魔头本人干掉,还是蛮光荣的。

赫　敏

对不起,西弗勒斯。

　　斯内普看着她,然后咽下痛苦。他魔杖一挥,指向罗恩。

斯内普

好吧,至少我不会跟他结婚。

赫　敏

你们用了什么咒语?

斯科皮

第一个项目用了缴械咒,第二个项目用了膨胀咒。

罗　恩

简单的铁甲咒就能把两个都纠正过来。

斯内普

然后你们就离开了?

斯科皮

时间转换器把我们拉了回来,是的。关键就在这里——这个时间转换器,你只能用它穿越回去五分钟。

赫　敏

仍然只能穿越时间而不能穿越空间?

斯科皮

是的,是的,你——嗯——你现在站在什么地方,就会穿越到什

第三幕　第七场

么地方——

赫　敏

真有意思。

　　斯内普和赫敏都知道这意味着什么。

斯内普

那么，只有我和这个男孩去干了。

赫　敏

不要见怪，斯内普，但我不敢把这件事托付给任何人……它太重要了。

斯内普

赫敏，你是巫师界被通缉的头号反叛分子。要做这件事，你就必须到外面去。你多久没有出去了？

赫　敏

时间不长，不过——

斯内普

如果你在外面被发现，摄魂怪就会吻你——它们会吸走你的灵魂……

赫　敏

西弗勒斯，我受够了这种吃残羹剩饭的日子，一次次尝试政变都以失败告终，这是我们让世界恢复原状的机会。

　　她朝罗恩点点头，罗恩扯下一幅地图。

争霸赛的第一个项目是在禁林边缘。我们在这里倒转时间，前往比赛现场——挡住那个咒语，然后安全返回。只要我们计划精确——就能完成，而且根本不需要在我们的时间里抛头露面。然后，我们再次倒转时间，到湖边去，把第二个项目逆转过来。

斯内普

你这样太冒险了——

第 二 部

赫　敏

如果我们成功了，哈利就活着，伏地魔就死了，卜鸟就不复存在。为了这个，冒再大的风险都是值得的。不过，我很抱歉，代价是把你搭进去了。

斯内普

有时候是必须付出代价的。

> 两人对视，斯内普点点头，赫敏也点点头，斯内普脸上的表情有点失态。

我刚才不是引用邓布利多的话吧？

赫　敏（微笑）

没有，我相当肯定这是西弗勒斯·斯内普的原创。

> 她转向斯科皮，指着时间转换器。

马尔福。

> 斯科皮把时间转换器交给她。她笑微微地看着，为再次使用时间转换器而兴奋，为用它做这件事而兴奋。

但愿能够成功。

> 她拿过时间转换器，时间转换器开始振动，然后迸发出一阵剧烈的动静。
>
> 一道强光嗖地闪过。哗啦一声巨响。
>
> 时间停止。然后掉头，踌躇须臾，开始倒转，起初转得很慢……
>
> 砰的一声，伴随着一道闪光，这伙人便消失了。

第三幕　第八场

禁林边缘，1994

我们注视着第一部的场景再现，但它是在舞台后部而不是前部。可以辨认出穿着德姆斯特朗校袍的阿不思和斯科皮。我们还听见"卓越的"（依然是他的原话）卢多·巴格曼的声音响彻全场。

斯科皮、赫敏、罗恩和斯内普保持高度警惕。

卢多·巴格曼

　　塞德里克·迪戈里出场了。他似乎准备就绪。有点害怕，但严阵以待。他往这边一躲，又往那边一躲。他俯身掩蔽时女生们都要晕倒了。她们齐声喊：火龙先生，别伤害我们的迪戈里。塞德里克左右腾挪，巧妙躲闪——他用魔杖做好了准备——

斯内普

　　用的时间太长了。时间转换器在旋转。

卢多·巴格曼

　　这位英俊、勇敢的年轻人袖子里藏着什么锦囊妙计？

　　阿不思刚想收缴塞德里克的魔杖，赫敏挡住了他的咒语。

　　阿不思看着自己的魔杖，一脸惆怅，不明白咒语为什么失灵。

第 二 部

这时，时间转换器飞速旋转，他们看着它，惊慌中被它拉走了。

一条狗——他把一块石头变成了一条狗——狗狗专家塞德里克·迪戈里——帅气逼人，活力四射。

第三幕　第九场

禁林边缘

他们从过去的时间返回，出现在禁林边缘，罗恩忍受着剧烈疼痛。斯内普环顾四周，立刻意识到他们处境危险。

罗　恩

哎哟。哎哟。哎哟哎哟哎哟。

赫　敏

罗恩……罗恩……你这是怎么了？

斯内普

哦，糟糕，我就知道会这样。

斯科皮

时间转换器也伤害到了阿不思。在第一次我们穿越回去的时候。

罗　恩

这会儿才——告诉我们——哎哟——还有什么用。

斯内普

我们是在地面上。必须赶紧转移。快。

赫　敏

罗恩，你还是可以走路的，快走吧……

第 二 部

> 罗恩真的站了起来,却痛得失声大叫。斯内普举起魔杖。

斯科皮

刚才成功了吗?

赫　敏

我们挡住了那个咒语。塞德里克保住了魔杖。是的,成功了。

斯内普

可是我们回来的地点不对——我们到了外面。你们是在外面。

罗　恩

我们需要再用一次时间转换器——离开这儿——

斯内普

我们需要躲藏起来。现在暴露在外太危险了。

> 突然,从观众席上,飘来一种阴风吹过的感觉。
> 一些黑袍在人群中升起。黑袍变成了黑色的形体。变成了摄魂怪。

赫　敏

来不及了。

斯内普

真是一场灾难。

赫　敏（她意识到自己需要怎么做）

它们的目标是我,不是你们。

罗恩。我爱你,一直都爱着你。可是你们三个必须快跑。快。现在就跑。

罗　恩

什么?

斯科皮

什么?

第三幕　第九场

罗　恩

我们能先说说爱的事吗？

赫　敏

这里仍然是伏地魔的世界。我已经受够了。逆转下一个项目就会改变一切。

斯科皮

可是摄魂怪会吻你。它们会吸走你的灵魂。

赫　敏

然后你们会改变过去。然后它们就不会了。快。快跑。

　　摄魂怪感觉到了他们。那些尖叫的形体从四面八方降落下来。

斯内普

走！我们快走。

　　他拽着斯科皮的胳膊。斯科皮不情愿地跟他走了。

　　赫敏看着罗恩，罗恩没有动。

赫　敏

你也应该走。

罗　恩

其实，我好歹也是它们的一个目标，而且我真的疼得要命。另外，你知道，我宁可留在这儿。呼神——

　　他刚要举起魔杖念咒，赫敏挡住了他的胳膊。

赫　敏

我们把它们牵制住，尽量给那个男孩多争取一些机会。

　　罗恩看着她，然后悲哀地点点头。

赫　敏

一个女儿和一个儿子。

第 二 部

  他朝她温柔地微笑，他们爱得纯真而彻底。

罗　恩

和一个儿子。我也喜欢那个想法。

  他环顾四周——知道了自己的命运。

我害怕。

赫　敏

吻我。

  罗恩沉吟了一下，照办了。接着，摄魂怪降落，两人被粗暴地分开。他们被摁在地上，然后被拖到空中。我们注视着一股白金色的迷雾从他们身体里被抽走。这一幕十分恐怖。

  斯科皮和斯内普在舞台后方重新上场，意识到已然失去了什么。

斯内普

我们到水边去吧。走路。不要跑。

  斯内普看着斯科皮。

保持镇定，斯科皮。它们也许是瞎子，但是能感觉到你的恐惧。

斯科皮

它们刚才吸走了他们的灵魂。

  一个摄魂怪俯冲下来，悬在他们头顶，然后落在斯科皮面前。

斯内普

想想别的事，斯科皮。把你的思想填满。

  可是斯科皮无法填满他的思想。

斯科皮

我感到冷。我什么也看不见。我心里都是雾——我周围都是雾。

第三幕　第九场

斯内普

你是王，我是教授。它们不会无缘无故出击的。想想那些你爱的人，想想你为什么要做这件事。

斯科皮（完全被控制）

我能听见我妈妈的声音。她想要我——我的——帮助，但是她知道我没法——帮她。

斯内普

听我说，斯科皮。想想阿不思。你正在为阿不思放弃你的王国，是不是？

> 斯科皮迷惘无助。被摄魂怪带给他的感觉所吞噬。斯内普知道需要敞开他的心扉才能救他。

斯内普

一个人。所有的一切都为了一个人。我没能为了莉莉救出哈利。所以现在我效忠于她所信仰的事业。很可能——一路走来，我自己也开始信仰那个事业了。

> 斯科皮果断地从摄魂怪身前离开。

斯科皮

世界改变，我们也随之改变。我在这个世界里境遇不错。但是世界并无好转。这不是我想要的。

> 突然，多洛雷斯·乌姆里奇出现在他们身后。

多洛雷斯·乌姆里奇

斯内普教授！

斯内普

乌姆里奇教授。

多洛雷斯·乌姆里奇

你听说那个消息了吗？我们抓住了那个反叛分子，泥巴种赫敏·格

第 二 部

兰杰。她刚才就在这儿。

斯内普

真是——太好了。

多洛雷斯盯着斯内普。他也看着她。

多洛雷斯·乌姆里奇

和你在一起。格兰杰当时和你在一起。

斯内普

和我在一起？你弄错了。

多洛雷斯·乌姆里奇

和你在一起，还有斯科皮·马尔福。一个我越来越为之担忧的学生。

斯科皮

可是……

斯内普

多洛雷斯，我们上课要迟到了，请你原谅，我们……

多洛雷斯·乌姆里奇

如果你们上课要迟到了，为什么不直接回学校？为什么要到湖边去？

一时间寂静无声。然后斯内普做了一件十分不同寻常的事——他笑了。

斯内普

你怀疑多久了？

多洛雷斯·乌姆里奇从地面腾起。她把胳膊完全张开，俨然是黑魔法的化身。她拔出了自己的魔杖。

多洛雷斯·乌姆里奇

许多年了。我早就应该采取行动。

斯内普的魔杖挥得更快。

第三幕　第九场

斯内普

排山倒海！

多洛雷斯被悬空击退。

她总是太自以为是，这对她没好处。现在我们没有退路了。

他们周围的天空变得比先前更黑暗。

呼神护卫！

斯内普射出一个守护神，形象是一头美丽洁白的牝鹿。

斯科皮

一头牝鹿？莉莉的守护神。

斯内普

真奇怪，是不是？内心所产生的东西。

摄魂怪开始在他们周围出现。斯内普知道这意味着什么。

你需要快跑。我尽量多牵制他们一会儿。

斯科皮

谢谢你成为我黑暗中的亮光。

斯内普看着他，周身透着英雄气概，脸上露出温和的笑容。

斯内普

告诉阿不思——告诉阿不思·西弗勒斯——我很骄傲他延续了我的名字。快走吧。走！

牝鹿回头望着斯内普——他朝鹿点点头——牝鹿又望着斯科皮，然后跑了起来。斯科皮想了想，拔腿朝牝鹿追去，他周围的世界变得更狰狞恐怖。舞台一侧传来令人毛骨悚然的尖叫。他看见了湖，纵身跳了进去。

斯内普准备应战。

摄魂怪降落，斯内普被狠狠拖倒在地，接着又被高高甩

第 二 部

向空中，同时他的灵魂被抽走。尖叫声似乎增加了许多倍。

牝鹿转向他，睁着一双美丽的眼睛，然后消失了。

砰的一声，随之闪过一道光。之后便归于沉寂。沉寂之后还是沉寂。

如此静默，如此安宁，如此绝对的静谧。

然后斯科皮浮出水面。大口地喘息。他环视周围。惊魂未定地喘着粗气。他抬头看着天空。天空看上去无疑——比先前蓝了。

有片刻绝对的平静。

就在这时，阿不思也跟着斯科皮浮了上来。一阵沉默。斯科皮呆呆地看着阿不思，不敢相信。两个男孩都呼哧呼哧地喘气。

阿不思

哇！

斯科皮脸上浮现出一丝深奥莫测的笑容。

斯科皮

阿不思！

阿不思

刚才真险哪！你看见那个人鱼了吗？那个家伙——还有后来那个玩意儿——哇！

斯科皮

是你！

阿不思

不过真奇怪——我好像看见塞德里克开始膨胀——但紧接着他似乎又缩回去了——我眼睁睁地看着你拿出了魔杖……

第三幕　第九场

斯科皮

你不知道再次看见你有多好。

阿不思

你两分钟前刚看见我。

斯科皮在水里拥抱阿不思，这做起来很难。

斯科皮

后来发生了许多事情。

阿不思

留神。你要把我给淹死了。你穿的是什么衣服？

斯科皮

我穿的是什么衣服？（他扯下身上的袍子）你穿的是什么？真棒！你是在斯莱特林。

阿不思

成功了吗？我们做成什么没有？

斯科皮

没有。简直是太棒了。

阿不思看着他——难以置信。

阿不思

什么？我们失败了。

斯科皮

是的。**是的。多么奇妙啊。**

他溅起许多水花。阿不思把他拉到了岸上。

阿不思

斯科皮，你是不是又吃糖果吃多了？

斯科皮

你又来这一套了——阿不思特有的冷幽默。我喜欢！

第 二 部

阿不思

　　我现在真的开始担心了。

　　　　哈利上场，三步两步奔到水边。后面紧跟着德拉科、金妮和麦格教授。

哈　利

　　阿不思。阿不思。你没事吧？

斯科皮（欣喜若狂地）

　　哈利！是哈利·波特！还有金妮。还有麦格教授。还有爸爸。我爸爸。嗨，爸爸。

德拉科

　　你好，斯科皮。

阿不思

　　你们都来了。

金　妮

　　桃金娘把一切都告诉我们了。

阿不思

　　怎么回事？

麦格教授

　　你是刚从过去穿越回来的。你为什么不跟我们说说？

　　　　斯科皮立刻意识到他们知道了什么。

斯科皮

　　哦，糟糕。哦，倒霉。在哪儿呢？

阿不思

　　刚从哪儿回来？

斯科皮

　　我把它弄丢了！我把时间转换器弄丢了。

阿不思（看着斯科皮，十分气恼）

　　你把什么弄丢了？

哈　利

　　别再装模作样了，阿不思。

麦格教授

　　我认为你需要做出一些解释。

第三幕　第十场

霍格沃茨，校长办公室

德拉科、金妮和哈利站在满脸懊悔的斯科皮和阿不思身后。麦格教授怒气冲天。

麦格教授

让我们把话说清楚——你们从霍格沃茨特快列车上非法地跳车逃跑，你们闯入魔法部偷了东西，你们擅自改变时间，害得两个人消失——

阿不思

我承认这听起来很过分。

麦格教授

雨果和罗丝·格兰杰-韦斯莱消失后，你们的反应竟然是再次穿越回去——这一次——损失的不是两个人，而是一大批人，而且害死了你的父亲——致使世界上最邪恶的巫师复活，开始了一个新的黑魔法时代。（语气干涩。）你说得对，波特先生，说起来确实很过分，是不是？你认识到你们有多愚蠢吗？

斯科皮

是的，教授。

阿不思迟疑片刻。他看着哈利。

第三幕　第十场

阿不思

是的。

哈利

教授，请允许我——

麦格教授（严厉地）

我不允许。你们作为父母愿意怎么做是你们的事，但这里是我的学校，他们是我的学生，我有权选择他们即将面临的惩罚。

德拉科

似乎很公平。

　　哈利看着金妮，金妮摇摇头。

麦格教授

我本应该开除你们，但是（看了一眼哈利）考虑到各种因素——我认为你们继续由我照管会更安全一些。你们要关禁闭，一直关到——好吧，你们可以视作自己被关到今年年底。对你们来说，圣诞节取消了。到霍格莫德去玩的事也不用再想。而且这仅仅是开始……

　　突然，赫敏冲了进来。一副风风火火的样子。

赫敏

我错过了什么？

麦格教授（气冲冲地）

进房间之前先敲门似乎是一种礼貌，赫敏·格兰杰，也许你错过的是这个。

赫敏（意识到自己越界了）

噢。

麦格教授

如果我也能给你关禁闭的话，部长，我会照关不误。竟然藏着一

第 二 部

个时间转换器，还有比这更愚蠢的事吗！

赫　敏

请允许我为自己辩护——

麦格教授

而且藏在书架里。你把它藏在书架里！这简直是可笑。

赫　敏

米勒娃。（赫敏深吸一口气，意识到自己的错误。）麦格教授——

麦格教授

你的孩子差点儿就不存在了！

　　赫敏无言以对。

这件事发生在我的学校里，发生在我的眼皮底下。在邓布利多辛苦这么多年之后，我简直无法原谅自己……

赫　敏

我知道。

　　麦格教授为平复自己的情绪停了一会儿。

　　她果断地转向两个男孩。

麦格教授（对阿不思和斯科皮）

你们想要救回塞德里克的意图值得称赞，但是误入了歧途。听起来好像你们很勇敢，斯科皮，还有你，阿不思，然而，就连你父亲有时候也没有吸取的一个教训是，勇敢不能成为做蠢事的理由。要时刻动脑子想一想。想一想有哪些可能。一个由伏地魔控制的世界是——

斯科皮

一个恐怖的世界。

麦格教授

你们这么年轻。（她看着哈利、德拉科、金妮和赫敏。）你们都这么年

第三幕　第十场

轻。你们根本不知道巫师界的战争有多么黑暗。对于现在这个世界，你们——太不当回事了，这个世界是一些人——我们和你们的一些非常亲密的朋友——付出了大量牺牲所创造和维持的。

阿不思

是的，教授。

斯科皮

是的，教授。

麦格教授

去吧。出去吧。你们都走吧。给我找到那个时间转换器。

第三幕　第十一场

霍格沃茨，斯莱特林宿舍

阿不思坐在他的房间里。哈利走进来，看着儿子，他内心充满怒气，但小心地不让这种情绪显露出来。

哈　利

谢谢你让我进来。

> 阿不思转过身，朝父亲点点头。他也小心翼翼。

寻找时间转换器的事还是没有任何眉目。他们正在跟人鱼协商，在整个湖里打捞。

> 他坐下来，局促不安。

这房间很漂亮。

阿不思

绿色是令人安心的颜色，不是吗？我的意思是，格兰芬多的房间都很不错，但是红色的问题在于——据说能让人变得有点狂躁——我倒不是在诋毁……

哈　利

你能解释一下为什么要做这件事吗？

第三幕　第十一场

阿不思

　　我认为我能够——改变一些事情——我认为塞德里克——那不公平。

哈　利

　　当然不公平，阿不思，你难道以为我不知道这点？我当时在场。亲眼看着他死去。可是，你这么做……冒这样的风险……

阿不思

　　我知道。

哈　利（难以控制自己的怒气）

　　如果你是想做到像我当年那样，那你的方式完全错了。我并没有主动去冒险，我是被迫卷进去的。你做了一件十分鲁莽的事——一件十分愚蠢和危险的事——一件可能毁掉一切的事——

阿不思

　　我知道。好吧，我知道。

　　　　停顿。阿不思擦去一滴眼泪，哈利注意到了，深深吸了口气。他把自己从情绪爆发的边缘拉回来。

哈　利

　　我也有错——不该认为斯科皮是伏地魔的孩子。他不是一团黑云。

阿不思

　　对。

哈　利

　　我把地图锁了起来。你不会再看见它了。你逃跑后，你妈妈让你的房间完全保持原样——你知道吗？不肯让我进去——不肯让任何人进去——你真的把她吓坏了……也把我吓坏了。

阿不思

　　真的把你吓坏了？

第 二 部

哈　利

是啊。

阿不思

我还以为哈利·波特什么也不怕呢。

哈　利

这就是我给你的感觉？

　　　阿不思看着自己的爸爸，努力想理解他。

阿不思

斯科皮可能没有说过，我们干预第一个项目失败之后穿越回来，我突然到了格兰芬多学院，但你我的关系没有任何改善——所以，我分到斯莱特林这件事——并不是我们之间出现问题的原因。不仅仅是因为这个。

哈　利

是的。我知道。不仅仅是因为这个。

　　　哈利看着阿不思。

你还好吧，阿不思？

阿不思

不好。

哈　利

不好。我也不好。

第三幕　第十二场

梦境，戈德里克山谷，墓地

小哈利站在那里，看着一块被一束束鲜花覆盖的墓碑。他手里拿着一小束花。

佩妮姨妈

快去吧，把你这些难看的小花放下，然后我们就走。我已经讨厌这个寒酸的小破村子了，真不知道我怎么产生了这个念头——戈德里克山谷，狗不拉屎山谷还差不多，这显然是个藏污纳垢的地方——快去吧，快点儿，快点儿。

　　小哈利朝坟墓走去。他又站了片刻。

赶紧，哈利……我可没时间陪你磨蹭。达达今晚有幼童军的活动，你知道他最讨厌迟到。

小哈利

佩妮姨妈。现在他们的亲人就只剩下我们俩了，是吗？

佩妮姨妈

没错。你和我。是的。

小哈利

而且——他们当时不招人喜欢？你说过，他们没有什么朋友？

第 二 部

佩妮姨妈

莉莉试过——愿她安息——她试过——这不能怪她，但她没有亲和力——天生惹人讨厌。是因为她的强势，她的——态度，她的——行为做派。还有你爸爸——令人反感的男人——特别令人反感。没有朋友。他们俩都没有朋友。

小哈利

所以我想问问——为什么有这么多花呢？为什么他们的坟墓上全是鲜花呢？

> 佩妮姨妈环顾四周，仿佛第一次看见了所有这些鲜花，顿时深为触动。她走过去，坐在妹妹的墓旁，拼命克制内心涌起的阵阵情感，但还是被压垮了。

佩妮姨妈

哦。是的。嗯，确实有——几束。肯定是风把它们从别的坟墓吹过来的。或者就是有人在搞恶作剧。没错，我认为那很有可能，某个小混混闲得没事干，四处溜达着把别的坟墓上的花都捡起来，扔在这里——

小哈利

可是花上都写着他们的名字呢……莉莉和詹姆，我们永远不会忘记你们所做的……莉莉和詹姆，你们的牺牲——

伏地魔

我嗅到了愧疚的味道，空气里有一股愧疚的恶臭。

佩妮姨妈（对小哈利）

快走吧。快离开这里。

> 她把哈利拉回去。伏地魔的手升入波特夫妇墓碑上方的空气中，他的身体也随之浮现。我们看不见他的脸，他的身体呈现一种恐怖的、锯齿般的形状。

第三幕　第十二场

我就知道。这个地方很危险。我们越早离开戈德里克山谷越好。

小哈利被拖离舞台，但他把脸转向伏地魔。

伏地魔

你仍然用我的眼睛在看吗，哈利·波特？

小哈利心绪烦乱地退场，阿不思从伏地魔的袍子里冲出。

他绝望地朝爸爸伸出一只手。

阿不思

爸爸……爸爸……

传来蛇佬腔的话语。

他来了。他来了。他来了。

然后一声尖叫。

这个时候，从剧场后方传出萦绕在每个人耳际的低语。

说话的那个声音，毫无疑问是伏地魔的声音……

哈——利·波——特……

第三幕　第十三场

哈利和金妮·波特的家中，厨房

哈利状态极差。完全被他认为梦中所揭示的东西惊呆了。

金　妮

哈利？哈利？怎么回事？你刚才在尖叫……

哈　利

它们并没有停止。那些噩梦。

金　妮

不可能一下子停止的。这段时间压力太大，而且——

哈　利

可是我从来没有跟佩妮姨妈一起去过戈德里克山谷啊。这不——

金　妮

哈利，你真把我吓坏了。

哈　利

他还在，金妮。

金　妮

谁还在？

第三幕　第十三场

哈　利

伏地魔。我看见了伏地魔和阿不思。

金　妮

和阿不思……？

哈　利

他说——伏地魔说——"我嗅到了愧疚的味道，空气里有一股愧疚的恶臭。"他在跟我说话。

　　哈利看着金妮。他摸摸头上的伤疤。金妮神情大变。

金　妮

哈利，阿不思仍然有危险？

　　哈利脸色发白了。

哈　利

我认为我们都有危险。

第三幕　第十四场

霍格沃茨，斯莱特林宿舍

两个男孩应该在睡觉，可是斯科皮睡不着。他下了床，怪吓人地俯身在阿不思的床头。

斯科皮

阿不思……嗌嗌……阿不思。

但是阿不思没有醒，于是斯科皮开始放大招。

阿不思！

阿不思突然惊醒。斯科皮哈哈大笑。

阿不思

舒服。用这种方式醒来，舒服，又不吓人。

斯科皮

你知道吗，说来再奇怪不过，自从我去过那个最最可怕的地方，我现在对恐惧已经有相当强的免疫力了。我是——神勇无畏的斯科皮。我是——无忧无虑的马尔福。

阿不思

很好。

第三幕　第十四场

斯科皮

　　我的意思是，通常说来，受到监视，长期被关禁闭，换了以前我肯定崩溃了，可是现在——他们充其量还能怎么着？把发霉的伏魔头召回来，让他折磨我？不会啦。

阿不思

　　你心情好的时候挺吓人的，你知道吗？

斯科皮

　　今天魔药课上，当罗丝朝我走来管我叫面包头时，我差点儿拥抱她。不，不是差点儿，是真的想拥抱她，结果我的小腿挨了她一脚。

阿不思

　　我觉得，无所畏惧好像对你的健康没有什么好处。

　　　斯科皮看着阿不思，脸上露出沉思的表情。

斯科皮

　　你不知道重新回到这里有多好，阿不思。我恨死了那儿。

阿不思

　　除了波利·查普曼追求你的那些片段。

斯科皮

　　塞德里克完全变成了另一个人——阴暗，危险。我爸爸——完全对他们俯首听命。我呢？我发现了另一个斯科皮，你知道吗？有权有势，盛气凌人，心狠手辣——人们都害怕我。似乎像是我们都受到了考验，我们都——失败了。

阿不思

　　可是你改变了局势。你得到机会，把时间变了回来。把你自己也变了回来。

斯科皮

　　这只是因为我知道自己应该是什么样。

第 二 部

　　阿不思仔细领会这句话。

阿不思

　　你认为我也受到了考验？是吗，是吗？

斯科皮

　　没有。暂时没有。

阿不思

　　你错了。我不是蠢在穿越回去一次——每个人都会犯那个错误——我蠢就蠢在狂妄自大，穿越回去两次。

斯科皮

　　我们俩都穿越了，阿不思。

阿不思

　　为什么我铁了心要做这件事？为了塞德里克？真的吗？不是。我想要证明一些东西。我爸爸说得对——他并非自愿去冒险——怪我，这件事都是我的错——如果没有你的话，世界可能变成了黑魔法的天下。

斯科皮

　　可是并没有啊。不仅要感谢我，而且也要感谢你。当摄魂怪侵入——我的脑海里时——西弗勒斯·斯内普叫我想想你。也许你当时并不在场，阿不思，可是你在战斗——跟我一起并肩战斗。

　　阿不思点点头，被这番话感动。

　　还有拯救塞德里克这件事——其实这并不是一个馊主意——至少我不这么看——不过，你知道——我们绝对不能再去尝试了。

阿不思

　　是的。我知道。我知道。

斯科皮

　　好。那么，你能帮我把这个毁掉吗？

第三幕　第十四场

斯科皮把时间转换器从枕头下面掏出来，给一脸惊愕的阿不思看。

阿不思

我记得你明明告诉大家，说它已经沉入了湖底。

斯科皮

没想到吧，无忧无虑的马尔福竟然还是个谎话大王。

阿不思

斯科皮，我们应该把这件事告诉别人……

斯科皮

告诉谁？部里以前保留这东西，你真的能相信他们不会再把它留下？只有你和我体验过它有多危险，这意味着你和我必须把它销毁。我们做的事，没有人能做到，阿不思。没有人。是的，（骄傲地）现在应该让时间转换器成为历史了。

阿不思（微笑地看着朋友）

你这段话说得很得意嘛，是不是？

斯科皮（也朝对方咧嘴一笑）

我琢磨了整整一天呢。

第三幕　第十五场

霍格沃茨，斯莱特林宿舍

哈利和金妮在宿舍里快速走动。小克雷格·鲍克跟在他们身后。

小克雷格·鲍克

我可以再说一遍吗？这是违反规定的，而且是半夜三更。

哈　利

我需要找到我的儿子。

小克雷格·鲍克

我知道你是谁，波特先生，但即便是你，也必须懂得这是违反学校规定的，家长和教授未经明确许可，不得进入学院宿舍……

麦格教授在他们后面冲了进来。

麦格教授

请你别再烦人了，克雷格。

哈　利

你收到我们的信了？很好。

小克雷格·鲍克（震惊）

校长。我——我只是——

哈利拉开一张床的帷帘。

第 三 幕　　第 十 五 场

麦格教授

　　他不见了？

哈　利

　　是的。

麦格教授

　　小马尔福呢？

　　　　金妮拉开另一张床的帷帘。

金　妮

　　哦，糟糕。

麦格教授

　　那么，让我们把这所学校翻个底朝天吧。克雷格，我们有活儿干了……

　　　　金妮和哈利留在宿舍，看着床。

金　妮

　　这一幕我们似曾相识吧？

哈　利

　　这次情况似乎更严重了。

　　　　金妮看着丈夫，内心充满恐惧。

金　妮

　　你早些时候跟他谈话了？

哈　利

　　是的。

金　妮

　　你来到他的宿舍，跟他谈话了？

哈　利

　　是的，你知道的。

第 二 部

金　妮

你对我们的儿子说了什么，哈利？

　　哈利听出她语气里的责备。

哈　利

我努力做到以诚相待，像你说的那样——我什么也没说。

金　妮

你克制自己了吗？谈话有多激烈？

哈　利

……我想我并没有……难道你认为我又一次把他吓跑了？

金　妮

哈利，我可以原谅你犯一次错误，甚至两次，但是你犯的错误越多，要原谅你就越难。

第三幕　第十六场

霍格沃茨，猫头鹰棚屋

斯科皮和阿不思上场，来到沐浴着银色月光的屋顶上。周围都是轻柔的猫头鹰叫声。

斯科皮

那么，我想一个简单的霹雳爆炸咒就行。

阿不思

绝对不行。对付这样一个东西，需要用飞沙走石咒。

斯科皮

飞沙走石？用了飞沙走石，我们要花好几天清理这猫头鹰棚屋里的时间转换器碎片。

阿不思

惊天炸雷咒怎么样？

斯科皮

然后把霍格沃茨的每个人都吵醒？也许可以用昏昏倒地咒。它们原来就是用昏昏倒地咒被销毁的……

阿不思

完全正确，这个咒语是以前用过的——让我们来点新鲜的，来点

第 二 部

好玩儿的。

斯科皮

好玩儿？听着，许多巫师忽视了选择正确咒语的重要性，实际上这事非同小可。我认为这是现代巫术中被大大低估的一部分。

戴尔菲

"现代巫术中被大大低估的一部分"——你们俩是最了不起的，你们知道吗？

斯科皮抬起头，惊讶地看见戴尔菲在他们身后出现。

斯科皮

哇。你……嗯……你在这儿干吗？

阿不思

我觉得有必要派一只猫头鹰——让她知道我们在做什么——明白吗？

斯科皮责备地看着他的朋友。

这事也跟她有关呀。

斯科皮想了想，然后点点头，接受了这个说法。

戴尔菲

什么事跟我有关？这是怎么回事？

阿不思拿出时间转换器。

阿不思

我们需要销毁时间转换器。第二个项目之后斯科皮看见的那些情景……我非常后悔。我们决不能再冒险回去了。我们没法去救你的堂兄了。

戴尔菲看着时间转换器，又看着他们俩。

戴尔菲

你在信里说得太少了……

第三幕　第十六场

阿不思

想象一下最糟糕的世界,然后把糟糕程度翻倍。人们遭受折磨——摄魂怪到处横行——伏地魔一手遮天——我爸爸死了,我压根儿没出生,整个世界被黑魔法笼罩。我们绝对——我们绝对不能允许那样的事情发生。

戴尔菲迟疑着。然后她的表情变了。

戴尔菲

伏地魔掌权？他活着？

斯科皮

他统治了一切。非常可怕。

戴尔菲

就因为我们的所作所为？

斯科皮

对塞德里克的羞辱,把他变成了一个非常狂暴的年轻人,后来他成了一名食死徒,然后——然后——一切都出了差错。大错特错。

戴尔菲仔细审视着斯科皮的神情。她的脸沉了下来。

戴尔菲

食死徒？

斯科皮

还是一名刽子手。他杀死了隆巴顿教授。

戴尔菲

那么——当然——我们需要把它销毁。

阿不思

你理解了？

戴尔菲

我要比这更进一步——我相信塞德里克也会理解的。我们一起把

第 二 部

它销毁吧，然后去找我叔叔。把情况解释给他听。

阿不思

谢谢你。

戴尔菲朝他们露出悲伤的笑容，然后拿过时间转换器。

她看着它，神情微微有些改变。

哦，漂亮的标记。

戴尔菲

什么？

戴尔菲的袍子松了。脖子后面露出一个卜鸟的刺青。

阿不思

在你的脖子后面。我以前没注意到。一对翅膀。那就是麻瓜们说的刺青吗？

戴尔菲

哦。是的。嗯，是一只卜鸟。

斯科皮

卜鸟？

戴尔菲

你们在保护神奇动物课上没有见过卜鸟吗？它们是模样凶险的黑鸟，下雨的时候会叫。以前巫师们相信卜鸟的叫声预告了死亡。我小时候，我的监护人在笼子里养了一只。

斯科皮

你的……监护人？

戴尔菲看着斯科皮。现在时间转换器在她手里，她开始享受这场游戏。

戴尔菲

她经常说，卜鸟叫是因为它能看出我以后不会有好下场。她不怎

第三幕　第十六场

么喜欢我。尤菲米娅·罗尔……她只是为了钱才收养我的。

阿不思

　　那么，你为什么要把她的鸟刺在身上呢？

戴尔菲

　　它提醒我，未来将由我去创造。

阿不思

　　真酷。我也要去搞一个卜鸟刺青。

斯科皮

　　罗尔夫妇是非常极端的食死徒。

　　　　无数个想法在斯科皮的脑海里迅速转动。

阿不思

　　好了，我们快把它销毁吧……霹雳爆炸咒？昏昏倒地咒？惊天炸雷咒？你会用哪一个？

斯科皮

　　把它还给我。把时间转换器还给我们。

戴尔菲

　　什么？

阿不思

　　斯科皮？你在做什么？

斯科皮

　　我不相信你以前生过病。你为什么没有来霍格沃茨上学？你现在来这里做什么？

戴尔菲

　　我想把我的堂兄救回来！

斯科皮

　　他们称呼你为卜鸟。在——另一个世界里——他们称呼你为卜鸟。

第 二 部

笑容在戴尔菲脸上慢慢浮现。

戴尔菲

卜鸟？我很喜欢。

阿不思

戴尔菲？

她出手太快了。她平举魔杖,击退斯科皮。而且她魔法比他们强大得多——斯科皮拼命不让她靠近,但她很快制服了他。

戴尔菲

光影缚身!

斯科皮的胳膊被发光的邪恶绳索捆住了。

斯科皮

阿不思。快跑。

阿不思扭头张望,一脸迷惑。然后他撒腿奔跑。

戴尔菲

光影缚身!

阿不思被撞倒在地,两只手被同样野蛮的绳索捆住。

这是我用在你们身上的第一个咒语。本来我以为需要用到大量的咒语。可是你们比阿莫斯好对付多了——小孩子,特别是小男孩,天生就比较顺从,是不是?好了,让我们彻底解决这个烂摊子吧……

阿不思

可是为什么?可是怎么回事?你到底是谁?

戴尔菲

阿不思。我是新的过去。

她从阿不思身上抽出他的魔杖,折成两段。

第三幕　第十六场

我是新的未来。

　　她从斯科皮身上抽出他的魔杖，折成两段。

我是这个世界一直在寻找的答案。

第三幕　第十七场

魔法部，赫敏的办公室

罗恩坐在赫敏的办公桌上，赫敏在研究几份文件。

罗　恩

　　我真是没法相信。在一些时空里，我们竟然甚至，你知道的，没有结婚。

赫　敏

　　罗恩，不管你有什么事——我只有十分钟时间，然后妖精们就会过来谈古灵阁的安保问题——

罗　恩

　　我的意思是，我们在一起这么长时间了——结婚这么多年了——我的意思是，这么长时间——

赫　敏

　　如果你是用这种方式表达你想离婚，罗恩，那么，我明确告诉你，我要用这支羽毛笔把你刺穿。

罗　恩

　　安静。你就不能安静一次吗？我想来一次书里写的那种重走婚姻路什么的。重走婚姻路。你怎么看？

第三幕　第十七场

赫　敏（态度缓和）

你想再娶我一次？

罗　恩

怎么说呢，我们第一次办这件事时，还都太年轻，当时我喝得烂醉，而且——好吧，不瞒你说，许多细节我都不记得了……实情就是——我爱死你了，赫敏·格兰杰——不管时间怎么说——我希望有机会当着许多其他人的面这么说。再说一遍。清醒地说。

　　她看着他，她笑了，把他拉向自己，她吻他。

赫　敏

你真可爱。

罗　恩

你嘴里有股太妃糖的味道。

　　赫敏大笑。哈利、金妮和德拉科突然走进来，撞见他们正要再次接吻。他们赶紧分开。

赫　敏

哈利，金妮和——我，噢——德拉科——真高兴见到你——

哈　利

那些噩梦，它们又开始了。其实，从来都没有停止过。

金　妮

而且阿不思失踪了。又失踪了。

德拉科

斯科皮也失踪了。我们已经让麦格查找整个学校。他们不见了。

赫　敏

我这就把傲罗都召集过来，我要——

罗　恩

不，你别，没什么事。我昨晚看见阿不思了。一切都好好的。

第 二 部

德拉科

在哪儿?

> 他们都转脸看着罗恩,他有点局促不安,但鼓足勇气说了下去。

罗　恩

当时,我在霍格莫德跟纳威一起喝火焰威士忌——你们也常喝——谈论天下大事——我们经常这么做——然后我们回来——天已经很晚,非常晚了,我琢磨着我能用哪个飞路壁炉,因为喝醉了酒,有时候就不愿意用太窄的——或者拐弯太多的,或者——

金　妮

罗恩,如果你不赶紧说重点,我们就一起动手掐死你!

罗　恩

他没有逃走——他正在享受安宁时刻——他找了一个比他自己大的女朋友——

哈　利

一个比他大的女朋友?

罗　恩

还是个蛮不错的姑娘呢——绚丽的银色头发。我看见他们一起在屋顶上,在猫头鹰棚屋附近,斯科皮在那儿当电灯泡。我当时想,真高兴看见我的爱情魔药得到了充分利用。

> 哈利突然冒出一个想法。接着又冒出十几个。这些想法没有一个是好的。

哈　利

那女人的头发——是不是银色和蓝色的?

罗　恩

是——银色,蓝色——没错。

第三幕　第十七场

哈　利
　　他说的是戴尔菲·迪戈里。是阿莫斯·迪戈里的侄女。
金　妮
　　怎么又跟塞德里克有关？
　　　　赫敏朝门外大喊。
赫　敏
　　艾瑟尔，妖精的约谈取消。

第三幕　第十八场

圣奥斯瓦尔德巫师养老院，阿莫斯的房间

哈利举着魔杖，和德拉科一起走进来。

哈　利

他们在哪儿？

阿莫斯

哈利·波特，我能为你做什么，先生？还有德拉科·马尔福。真是不胜荣幸。

哈　利

我知道你利用了我的儿子。

阿莫斯

我利用了你的儿子？不。是你，先生——你利用了我漂亮的儿子。

德拉科

告诉我们——快点儿——阿不思和斯科皮在哪儿，不然你就会面临最严重的后果。

阿莫斯

可是我为什么会知道他们在哪儿？

第三幕　第十八场

德拉科

老家伙，不要跟我们倚老卖老。我们知道你一直在派猫头鹰给他送信。

阿莫斯

我从来没做过这样的事。

哈　利

阿莫斯，你虽然这把年纪，还是可以进阿兹卡班的。他们最后一次被人看见，是在霍格沃茨的塔顶上，跟你的侄女在一起，后来就消失了。

阿莫斯

我不明白你在说些……（他停住话头，顿了顿，十分困惑。）我的侄女？

哈　利

你什么过分的事情都做得出来，是不是——没错，你的侄女，难道你想否认她是在你的明确指示下……

阿莫斯

不错，我确实要否认——我根本没有侄女。

　　哈利听闻此言，顿住了。

德拉科

你有，你有一个侄女，在这里工作。你的侄女——戴尔菲·迪戈里。

阿莫斯

我知道我没有什么侄女，因为我根本没有兄弟姐妹。我妻子也没有。

　　哈利和德拉科面面相觑——彼此都知道这意味着什么。

德拉科

我们需要弄清她是谁——事不宜迟。

第三幕　第十九场

霍格沃茨，魁地奇球场

戴尔菲在场上，尽情享受她改变身份后的分分秒秒。以前曾有过不安和犹豫，现在只感觉充满力量。

阿不思

我们到魁地奇球场来做什么？

斯科皮在迅速地思索。

斯科皮

三强争霸赛。第三个项目。迷宫。这是当年迷宫所在的地方。我们要回去救塞德里克。

戴尔菲

是的，现在要去彻底救下那个碍事的。我们要回去找塞德里克，这样，斯科皮，我们就能让你看见的那个世界复活……

斯科皮

地狱。你想让地狱复活？

戴尔菲

我想回归纯粹而强大的魔法。我想让黑魔法重生。

第三幕 第十九场

斯科皮

你想让伏地魔回来?

戴尔菲

巫师世界唯一真正的主宰。他会回来的。

   停顿。

现在,你们已经用魔法让前两个项目变得有些不顺——每个项目至少都有两次来自未来世界的穿越,我不会再冒险过去,以免暴露身份或受到干扰。第三个项目是干净的,所以我们就从那儿开始,怎么样?

阿不思

我们不会阻止他——不管你逼我们做什么——我们知道他必须跟我爸爸一起赢得争霸赛。

戴尔菲

我不仅想要你们阻止他。我还想要你们羞辱他。他必须光着身子,骑着一把用紫色鸡毛掸做的扫帚飞出那个迷宫。羞辱曾把你们带到那个世界,也会把我们再次带到那里。然后那个预言就会实现。

斯科皮

真不知道还有一个预言——什么预言?

戴尔菲

你见过那个理想的世界,斯科皮,今天我们要确保它的回归。

阿不思

我们不会。我们不会服从你的。不管你是谁。不管你要我们做什么。

戴尔菲

你们当然会。

阿不思

除非你给我用夺魂咒。除非你控制了我。

第 二 部

戴尔菲

不。要满足那个预言,你必须是你本人,而不是一个没有灵魂的傀儡……必须由你去羞辱塞德里克,所以夺魂咒不能用——我要用别的方式逼你就范。

　　她拔出魔杖。她用魔杖指着阿不思,阿不思倔强地抬起下巴。

阿不思

使出你最狠的一招吧。

　　戴尔菲看着他。然后把她的魔杖转向斯科皮。

戴尔菲

我会的。

阿不思

不!

戴尔菲

果然,不出所料——这样似乎更能把你吓住。

斯科皮

阿不思,不管她对我做什么——我们都不能让她——

戴尔菲

钻心剜骨!

　　斯科皮痛苦地失声喊叫。

阿不思

我会……

戴尔菲(大笑)

怎么?你以为自己能做什么呢?一个巫师界的窝囊废?一个家族的败类?一个碍事的?你想阻止我伤害你唯一的朋友?那就照我说的去做吧。

258

第三幕　第十九场

她看着阿不思。他的目光仍然不屈不挠。

不？钻心剜骨！

阿不思

停！求求你。

克雷格急匆匆地跑上场。

小克雷格·鲍克

斯科皮？阿不思？大家都在找你们呢——

阿不思

克雷格！快走。去找人帮忙！

小克雷格·鲍克

出什么事了？

戴尔菲

阿瓦达索命！

戴尔菲朝舞台那头射出一道绿光。克雷格被绿光击退——立时丧命。全场一片沉默。这沉默似乎持续了很长时间。

你们还不明白吗？我们现在玩的绝不是什么儿童游戏。你们对我有用，你们的朋友对我没用。

阿不思和斯科皮看着克雷格的尸体——内心痛苦万分。

我花了很长时间才发现你的弱点，阿不思·波特。我原来以为是骄傲，以为是你想要你父亲看重你的渴望，但后来我才意识到，你的弱点跟你父亲的一样——友谊。你会完全照我的吩咐去做的，不然斯科皮就会死，就像当年那个碍事的一样。

她看着他们俩。

伏地魔会回来，卜鸟会栖在他的身边。就像预言里说的。"当碍事的得救，当时间被转换，当看不见的孩子谋杀了他们的父亲：

第 二 部

黑魔王就会回来。"

她微笑着。她凶狠地把斯科皮拉向自己。

塞德里克就是那个碍事的,而阿不思——

她凶狠地把阿不思拉向自己。

——就是那个看不见的孩子,他通过改写时间杀死自己的父亲,于是黑魔王就回归了。

时间转换器开始旋转。她把他们俩的手拽到它上面。

开始!

一道强光嗖地闪过。哗啦一声巨响。

时间停止。然后掉头,踌躇须臾,开始倒转,起初转得很慢……

随即加快了速度。

之后是一种抽水的声音。接着是砰的一声。

第三幕　第二十场

三强争霸赛，迷宫，1995

迷宫是一片螺旋形的、不断移动的树篱。戴尔菲果断地穿行其中。她后面拽着阿不思和斯科皮。他们的胳膊被绑着，双腿不情愿地挪动着。

卢多·巴格曼

女士们、先生们，男生们、女生们，我向你们介绍——最伟大的——神妙无比的——独一无二的**三强争霸赛**。

　　掌声雷动。戴尔菲往左一拐。

如果你是霍格沃茨的，请给我一点掌声。

　　掌声雷动。

如果你是德姆斯特朗的——请给我一点掌声。

　　掌声雷动。

如果你是布斯巴顿的，请给我一点掌声。

　　掌声饱满热烈。

　　树篱包抄过来，戴尔菲和两个男孩被迫移动。

法国朋友终于向我们显示了他们的实力。女士们、先生们，我向你们介绍——三强争霸赛的最后一个项目。一座神秘的迷宫，一个不可控制的黑暗病灶，因为这个迷宫——它是活的。它是活的。

第 二 部

威克多尔·克鲁姆在迷宫里穿行，从舞台上走过。

为什么要冒险进入这个活生生的噩梦？因为这座迷宫里有一个奖杯——不仅仅是一个普通的奖杯——没错，三强争霸赛的战利品就藏在这片绿色迷宫里。

戴尔菲

他在哪儿呢？塞德里克在哪儿？

一片树篱差点把阿不思和斯科皮切割成碎片。

斯科皮

树篱也想要我们的命？真是越来越刺激了。

戴尔菲

快给我跟上，不然没你们的好果子吃。

卢多·巴格曼

前路充满危险，但是奖品触手可及。谁能突破重围？谁会在最后一关败下阵来？我们中间有什么样的英雄？只有时间能告诉我们，女士们、先生们，只有时间能告诉我们。

他们在迷宫里移动，斯科皮和阿不思被戴尔菲胁迫着。

戴尔菲走在前面时，两个男孩有了机会交谈。

斯科皮

阿不思，我们需要采取点行动。

阿不思

我知道，可是怎么做？我们的魔杖被她撅断了，我们的双手被捆绑着，她还威胁要干掉你。

斯科皮

只要能阻止伏地魔回来，我愿意去死。

阿不思

是吗？

第三幕　第二十场

斯科皮

你不会为我哀悼很久的，她杀死了我，也会很快干掉你。

阿不思（极度绝望）

时间转换器有个缺陷，五分钟规则。我们要尽量把时间耗尽。

斯科皮

这不会管用的。

> 又一道树篱突然改变方向，戴尔菲把阿不思和斯科皮拖进去。他们继续在这片绝望的迷宫中穿行。

卢多·巴格曼

现在，让我告诉你们目前他们的位次。并列第一的是——塞德里克·迪戈里先生和哈利·波特先生。第二名——威克多尔·克鲁姆先生。第三名——圣洁的心啊①，芙蓉·德拉库尔小姐。

> 突然，阿不思和斯科皮从一道迷宫后面钻出来，他们在奔跑。

阿不思

她往哪儿去了？

斯科皮

这重要吗？你说该往哪边跑？

> 戴尔菲在他们身后腾起。她在飞，没有骑扫帚。

戴尔菲

你们这两个可怜虫。

> 她把两个男孩撂倒在地。

以为能逃出我的掌心。

---

① 原文是法语。

第 二 部

阿不思（惊愕地）

你连——扫帚都没骑。

戴尔菲

扫帚——多么笨重无用的东西。三分钟过去了。我们只剩下两分钟了。你们必须照我的吩咐去做。

斯科皮

不。绝不。

戴尔菲

你以为你们能跟我对抗？

斯科皮

不。但我们可以不听你的。哪怕牺牲我们的生命。

戴尔菲

必须完成那个预言。我们必须完成它。

斯科皮

预言是可以被打破的。

戴尔菲

你错了，小子，预言就是未来。

斯科皮

可是，如果预言是必然要发生的，我们为什么试图在这里影响它呢？你的行为跟你的思想相互矛盾：你拖着我们穿行在这座迷宫，因为你认为这个预言需要被实现——根据这个逻辑，预言也是可以被打破——被阻止的。

戴尔菲

你说得太多了，孩子。钻心剜骨！

　　斯科皮痛苦万分。

第三幕　第二十场

阿不思

　　斯科皮！

斯科皮

　　你想受到考验，阿不思——这就是考验，我们一定要通过考验。

　　　　阿不思看着斯科皮，终于意识到他必须做什么。他点点头。

戴尔菲

　　然后你们就会死。

阿不思（满怀勇气）

　　是的。我们会死。我们会愉快地赴死，因为知道你没有得逞。

　　　　戴尔菲拔地升起，勃然大怒。

戴尔菲

　　我们没有时间胡闹。钻心——

神秘的声音

　　除你武器！

　　　　砰！戴尔菲的魔杖脱手。斯科皮在一旁目瞪口呆。

　　五花大绑！

　　　　戴尔菲被捆绑起来。斯科皮和阿不思同时转过头，惊愕地望向魔咒射出的地方：一个十七岁左右的英俊少年，塞德里克。

塞德里克

　　别再往前走了。

斯科皮

　　可你是……

塞德里克

　　我是塞德里克·迪戈里。我听见了尖叫声，我必须过来。报上你

265

们的名字，怪兽，我与你们决一死战。

阿不思转过身，一脸惊诧。

阿不思

塞德里克？

斯科皮

你救了我们。

塞德里克

你们也是项目的一部分？一个障碍？快说话。我必须把你们也打败吗？

沉默。

斯科皮

不。你只要解救我们。这是项目内容。

塞德里克想了想，想弄清这是不是一个陷阱，然后他挥了一下魔杖。

塞德里克

绳松索断！绳松索断！

两个男孩自由了。

现在我可以走了吗？继续走完迷宫？

两个男孩看着塞德里克——他们完全清楚塞德里克走完迷宫意味着什么。

阿不思

恐怕你不得不走完迷宫。

塞德里克

那我走了。

塞德里克信心十足地走了。阿不思望着他的背影——满心焦虑地想说点什么，却不知道说什么好。

第三幕　第二十场

阿不思

塞德里克——

塞德里克朝他转过身。

你爸爸非常爱你。

塞德里克皱起眉头，感到很意外。

塞德里克

什么？

在他们身后，戴尔菲的身体开始慢慢活动。她拖着身子在地上爬。

阿不思

我想应该让你知道。

塞德里克（努力想弄懂是怎么回事）

好的。嗯。谢谢你。

塞德里克又看了看阿不思，然后继续往前走。这时，戴尔菲从袍子里掏出时间转换器，斯科皮看见了她。

斯科皮

阿不思！

阿不思

不。等一等……

斯科皮

时间转换器在旋转……快看她在做什么……她不能把我们撇下。

阿不思和斯科皮急忙去抢夺时间转换器。

一道强光嗖地闪过。哗啦一声巨响。

时间停止。然后掉头，踌躇须臾，开始倒转，起初转得很慢……

随即加快了速度。

第 二 部

阿不思……

阿不思

我们做了什么？

斯科皮

我们刚才必须跟上时间转换器，我们必须想办法阻止她。

戴尔菲

阻止我？你们竟然以为阻止得了我？我不玩这一套了。

她摔碎了时间转换器。转换器炸裂成无数个碎片。

也许你们毁掉了我利用塞德里克让世界变黑暗的机会，但是斯科皮，也许你说得对——也许预言是可以被阻止的，也许预言是可以被打破的。有一点毫无疑问，那就是我再也不想利用你们这两个讨厌而无能的家伙做任何事了。再也不想在你们俩身上浪费宝贵的时间了。现在应该做点新的尝试了。

戴尔菲再次升到空中。她开心地哈哈大笑，迅速地飞远了。

两个男孩想去追她，可是他们没有任何希望。她在飞，他们在跑。

阿不思

不……不……你不能……

斯科皮转回来，想捡起时间转换器的碎片。

时间转换器？被摧毁了？

斯科皮

彻底摧毁了。我们被困在这里了。困在时间里。不知道我们在什么时间。不知道她打算做什么。

阿不思环顾四周，拼命想弄清刚才发生了什么。

阿不思

霍格沃茨看上去还是一样。

斯科皮

是的。不能让别人看见我们在这儿。我们快点离开,免得被人发现。

阿不思

我们必须阻止她,斯科皮。

斯科皮

我知道——可是怎么做呢?

第三幕　第二十一场

圣奥斯瓦尔德巫师养老院，戴尔菲的房间

哈利、赫敏、罗恩、德拉科和金妮在一个陈设简单、镶着橡木板的房间里四下环顾。

哈　利

　　她肯定是对他用了混淆咒。给他们全都念了咒。她假装是护士，假装是他的侄女。

赫　敏

　　我刚才让部里核查过了——没有她的记录。她一直隐姓埋名。

德拉科

　　原形立现！

　　　　大家都转脸看着德拉科。他面无表情地与他们对视。

　　我认为值得试一试，你们还在等什么呢？我们什么也不知道，所以只能指望这个房间透露一些信息。

金　妮

　　她会把东西藏在哪里呢？这是一个非常简陋寒酸的房间。

罗　恩

　　这些橡木板，这些橡木板后面可能藏着东西。

第三幕　第二十一场

德拉科

　　还有这张床。

　　　　德拉科开始检查床，金妮检查一盏灯，其他人开始检查那些橡木板。

罗　恩（一边敲打墙壁，一边喊）

　　你藏着什么？你里面有什么？

赫　敏

　　也许我们应该停一停，仔细考虑一下——

　　　　金妮从一盏油灯上卸下一个玻璃灯罩。

　　　　他们听见一个呼气的声音。然后是咝咝的说话声。

　　　　他们都把脸转向那声音。

　　这是什么？

哈　利

　　这是——我不应该听得懂啊——这是蛇佬腔。

赫　敏

　　那么它说什么？

哈　利

　　我怎么会……？自从伏地魔死后，我就听不懂蛇佬腔了呀。

赫　敏

　　自那之后原本你的伤疤也没疼过呀。

　　　　哈利看着赫敏。

哈　利

　　它说"欢迎卜鸟"。我认为我应该叫它打开……

德拉科

　　那就快点儿。

　　　　哈利闭上眼睛。他用蛇佬腔说话。

第 二 部

> 房间在他们周围转换，变得更加黑暗、更加凶险。四面墙上出现了无数条画上去的蛇，彼此扭曲盘绕。
>
> 在这些蛇身上，用闪光漆写着一个预言。

这是什么？

罗　恩

"当碍事的得救，当时间被转换，当看不见的孩子谋杀了他们的父亲：黑魔王就会回来。"

金　妮

一个预言。一个新的预言。

赫　敏

塞德里克——塞德里克曾被称作碍事的。

罗　恩

当时间被转换——她拿着那个时间转换器，不是吗？

> 他们的神色顿时凝重起来。

赫　敏

一定是。

罗　恩

可是她为什么需要斯科皮或阿不思呢？

哈　利

因为我是一位父亲——没有看见自己的孩子。没有理解自己的孩子。

德拉科

她是谁呀？这么痴迷于这些东西？

金　妮

我好像找到了这个问题的答案。

> 他们都转向她。她往上一指……他们的神情同时变得更

第三幕　第二十一场

　　　加凝重，内心充满恐惧。

　　　观众席的墙壁上都出现了文字——危险的文字，恐怖的文字。

"我要让黑魔法重生。我要把我的父亲带回来。"

罗　恩

　　　不。她不会是……

赫　敏

　　　这怎么——可能？

德拉科

　　　伏地魔有一个女儿？

　　　他们惊恐地抬起头。金妮抓住哈利的手。

哈　利

　　　不，不，不。不是那样。千万别是那样。

　　　舞台转为黑暗。

幕间

第二部

第四幕

第四幕　第一场

魔法部，大会议室

男女巫师们从四面八方挤进大会议室。比我们以前见过的巫师都多。他们脸上写着大大的忧虑。赫敏走上一个仓促搭建的讲台。她举手让大家安静。全场立刻安静下来。人们急于听到她可能给出的回答。她很惊讶这么容易就做到这点。她看着自己周围的人。

赫　敏

谢谢你们。我很高兴你们这么多人都能来参加我的——第二次——特别全体大会。我有几件事情要说，请你们等我说完再提问题，肯定会有很多问题。

你们许多人已经知道，霍格沃茨发现了一具尸体。死者名叫克雷格·鲍克，是个很好的男孩。我们尚无确切消息说明谁对此次行为负责，但是昨天我们搜查了圣奥斯瓦尔德养老院，在那儿的一个房间里发现了两样东西：一、一个预言，宣称——黑暗势力将会卷土重来……二、一个写在天花板上的宣言——说黑魔头有一个——说伏地魔有一个孩子。

这个消息在会议室里激起阵阵反响。

我们还不清楚全部细节。我们只是在调查——询问那些跟食死徒

第 二 部

有关系的人……到目前为止，关于那个孩子和那个预言都没有发现任何记录，可是，似乎确实有一定的真实性。这个女孩一直被隐藏在巫师界的视野之外，现在她——是啊，现在她——

麦格教授

女孩？一个女儿？伏地魔有个女儿？

赫　敏

是的。一个女儿。

麦格教授

那么她现在被拘押了？

哈　利

教授，她没有让我们现在提问。

赫　敏

没关系，哈利。没有被拘押，教授，所以情况更为严峻。恐怕我们没有办法把她拘押。其实，我们没有办法阻止她做任何事情。她不在我们的掌控范围内。

麦格教授

我们不能——寻找她吗？

　　　　停顿。这需要勇气。

赫　敏

我们有足够的理由相信，她把自己藏在了——时间里。

麦格教授（愤怒）

你现在还留着那个时间转换器？你竟然做出这样草率而愚蠢的事！

赫　敏

教授，我向你保证——

麦格教授

真是可耻，赫敏·格兰杰！

第四幕　第一场

>面对教授的怒气，赫敏往后退缩。

哈　利

不，不应该这样指责她。你有权利动怒。你们都有权利。但这件事并不都是赫敏的错。我们不知道那个女巫是怎么拿到时间转换器的。说不定是我儿子给她的。

金　妮

要么是我们儿子给她的。要么就是她从我们儿子那里偷去的。

>金妮和哈利一起站在了舞台上。

麦格教授

你们的团结值得称道，但是你们犯了疏忽的过错，并不能因此忽略不计。

德拉科

这么说来，这种疏忽的过错也是我应该承担的。

>德拉科走上舞台，站在金妮身边。这一刻简直是斯巴达
>克斯式的英雄时刻。大家都吃惊地倒抽冷气。

赫敏和哈利没有做错什么，只是想保护我们大家。如果他们有罪，那么我也有罪。

>赫敏看着她的支持者——深受感动。罗恩也坚定地走到
>舞台上和他们站在一起。

罗　恩

我只想说——我对这件事知道得不多，所以没法承担责任——而且我绝对相信我的两个孩子与此事没有任何关系——但既然这批人都站在这上面，那么我也得上来。

金　妮

谁也无法知道他们在哪儿——是在一起，还是分开的。我相信我们的儿子会尽他们的一切力量阻止她，但是……

第 二 部

赫　敏

我们没有放弃。我们去找了巨人。找了巨怪。找了我们能找的每一个人。傲罗都在外面飞，四处搜寻，找那些知道秘密的人谈话，跟踪那些不肯透露秘密的人。

哈　利

但是有一个事实我们无法逃避：在我们过去的某个时间里，有个女巫正在试图改写我们知道的一切——而我们所能做的只有等待——等待她成功或者失败的那一刻。

麦格教授

如果她成功了呢？

赫　敏

那么——那样的话——这个会议室里的大多数人都会消失，我们将不复存在，伏地魔又将称王称霸。

第四幕　第二场

苏格兰高地，阿维莫尔火车站，1981

阿不思和斯科皮看着一位车站站长，神情惶恐不安。

阿不思

我们俩得有一个人去跟他说话，你认为呢？

斯科皮

你好，车站站长先生。麻瓜先生。有个问题：你看见一个会飞的女巫从这儿经过吗？顺便再问一句，今年是哪年？我们刚从霍格沃茨逃出来，因为我们害怕一些令人烦恼的事情，但其实也没什么。

阿不思

你知道最让我难受的是什么吗？爸爸会认为我们是故意那么做的。

斯科皮

阿不思。真的吗？我是说，真的是真的吗？我们——被困在了——迷失在了——时间里——也许永远回不去——可你却在担心你爸爸会怎么看这件事？我永远也不能理解你们两个人。

阿不思

需要理解的太多了。爸爸非常复杂。

第 二 部

斯科皮

你就不复杂吗？我倒不是质疑你对女人的品位，可是你竟然迷上了……唉……

两人都知道他说的是谁。

阿不思

我是迷过她，行了吧？我想说，她把克雷格……

斯科皮

我们别想那件事了。还是集中考虑眼前的事实吧：我们没有魔杖，没有扫帚，没有返回我们那个时间的任何手段，我们拥有的只有我们的智慧，以及——不，没有以及，只有我们的智慧——而我们必须阻止她。

车站站长（用很重的苏格兰口音）

知道去老烟城①的车推迟了吗，小伙子？

斯科皮

对不起，你说什么？

车站站长

如果你们在等去老烟城的车，就得知道它现在推迟了。这条线上的火车，都写在修改过的时刻表上呢。

站长看着他们，他们一头雾水地看着他。他皱起眉头，递给他们一份修改过的时刻表。他指着表的右边。

推迟了。

阿不思接过时刻表，仔细研究。他得到了一些重要信息，脸色大变。斯科皮只是瞪着车站站长。

---

① 老烟城，苏格兰城市爱丁堡的俗称。

282

第四幕　第二场

阿不思

　　我知道她在哪儿了。

斯科皮

　　你看懂了？

阿不思

　　看看这个日期。在时刻表上。

　　　　斯科皮凑过来阅读。

斯科皮

　　1981年10月30日。万圣节之夜的前一天，三十九年前。可是——她为什么呢？哦。

　　　　斯科皮恍然大悟，脸色顿时一沉。

阿不思

　　我爷爷奶奶遇害。我那还是婴儿的爸爸受到攻击……伏地魔的咒语反弹到他自己身上的那一刻。她不是想实现她的预言——她是想阻止那个大的。

斯科皮

　　那个大的什么？

阿不思

　　"有能力战胜黑魔头的人走近了……"

　　　　斯科皮和他一起说。

斯科皮和阿不思

　　"……生在曾三次抵抗过他的人家，生于七月结束的时候……"

　　　　斯科皮的神色越来越凝重。

斯科皮

　　都怪我。我告诉她预言可以被打破——我告诉她，预言的整个逻辑是有问题的——

第 二 部

阿不思

在二十四小时内,伏地魔会在试图杀死婴儿哈利·波特时,被反弹的咒语击中。戴尔菲是想阻止那个咒语。她想亲手杀死哈利。我们需要去戈德里克山谷。现在就去。

第四幕　第三场

戈德里克山谷，1981

阿不思和斯科皮在戈德里克山谷的中心地带穿行，这是一个繁忙而美丽的小村落。

斯科皮

　　我说，好像看不出遭到袭击的迹象……

阿不思

　　这就是戈德里克山谷？

斯科皮

　　你爸爸从没带你来过？

阿不思

　　没有，他提了几次，但我拒绝了。

斯科皮

　　我说，现在可没时间逛风景——我们还要从一个杀人不眨眼的女巫手里拯救世界呢——可是你看……教堂……圣杰罗姆教堂……

　　　　他用手一指，一座教堂显现出来。

阿不思

　　真宏伟。

第 二 部

斯科皮

　　圣杰罗姆教堂的墓地据说闹鬼闹得很厉害（他指着另一个方向），哈利和他父母的雕像会竖在那里——

阿不思

　　我爸爸有雕像？

斯科皮

　　哦，现在还没有。但他会有的。但愿吧。这座——这座房子里住过巴希达·巴沙特，她现在就住在这儿……

阿不思

　　那个巴希达·巴沙特？写《魔法史》的巴希达·巴沙特？

斯科皮

　　正是此人。哦，天哪，那就是她。哇。吱吱吱。我的极客神经在颤抖。

阿不思

　　斯科皮！

斯科皮

　　这里就是——

阿不思

　　詹姆、莉莉和哈利·波特的家……

　　　　一对年轻漂亮的夫妇，用小车推着一个婴儿离开一座房子。阿不思朝他们走去，斯科皮把他拉了回来。

斯科皮

　　不能让他们看见你，阿不思，这会破坏时间，我们不能这样做——这次不能了。

阿不思

　　可是这就意味着，那女人还没有……我们赶上了……她还没有……

第四幕　第三场

斯科皮

那么我们现在怎么办呢？做好准备跟她搏斗？要知道她可是相当……凶狠的。

阿不思

是啊。我们还没有认真考虑过这件事呢，对吗？现在我们怎么办呢？我们怎么保护我爸爸呢？

第四幕　第四场

魔法部，哈利的办公室

哈利忙着查阅文件。

邓布利多

　　晚上好，哈利。

　　　　停顿。哈利抬头看着邓布利多的肖像，表情漠然。

哈　利

　　邓布利多教授。出现在我的办公室，不胜荣幸。我一定是处在事件的中心吧，今晚？

邓布利多

　　你在做什么？

哈　利

　　查阅文件，看有没有漏掉什么不该漏掉的东西。集结一切力量，用我们有限的方式去反击。我们知道，战斗正在距我们很远的地方激烈地进行。除此之外，我还能做什么呢？

　　　　停顿。邓布利多什么也没说。

　　你去了哪儿，邓布利多？

第四幕　第四场

邓布利多

我现在在这儿。

哈　利

刚好在打了败仗之后。或者，你想否认伏地魔会回来？

邓布利多

这是——有可能的。

哈　利

走吧。离开吧。我不希望你在这儿，我不需要你。每次至关重要的时候你都缺席。我跟他较量了三次，你都不在。如果需要的话，我还将——再次独自面对他。

邓布利多

哈利，你难道以为我不想代表你去跟他较量吗？如果可以，我肯定不会让你受伤害——

听到这里，哈利情绪爆发。

哈　利

爱蒙蔽了我们的眼睛？你知道这句话是什么意思吗？你知道这是一个多么蹩脚的忠告吗？我儿子正在——我儿子正在为我们而战，就像我当年为你而战一样。事实证明，对他来说我是一个糟糕的父亲，就像你当年对我一样糟糕。把他留在一个他感觉不到爱的地方——让他的内心滋生怨恨，这些怨恨他要许多年才能理解——

邓布利多

如果你指的是女贞路，那么——

哈　利

那么多年——我独自在那儿待了那么多年，不知道我是谁，我为什么在那儿，也不知道有人在乎我！

第 二 部

邓布利多

我——我不希望跟你关系太亲密——

哈　利

是在保护你自己，即使在那时候！

邓布利多

不。我是在保护你。我不想伤害你……

> 邓布利多想从肖像里伸出手来，但是不行。他开始哭泣，但竭力掩饰。

可是最后我不得不与你相见……十一岁，你是那么勇敢。那么好。你毫无怨言地走在命运为你安排的道路上。我当然爱你……但我知道那种事还会再次发生……知道我一旦爱了，就会造成无法弥补的损害……我不是一个适合去爱的人……我的爱总是会造成伤害……

> 停顿。

哈　利

如果你当时就把这些告诉我，就会少伤害我一些。

邓布利多（此刻毫不掩饰地哭泣）

我被蒙蔽了双眼。爱就是这样。我没有看出你需要知道这个保守、复杂而危险的老头子……爱你……

> 停顿。两个男人百感交集。

哈　利

我并非毫无怨言。

邓布利多

哈利，在这个纷乱的、充满感情的世界上，从来没有一个完美的答案。完美超越了人类的界限，超越了魔法的界限。在每一个快乐的明媚时刻，那滴毒药都如影相随：知道痛苦还会再次来袭。

第四幕　　第四场

请对你爱的人坦诚相待，向他们显露出你的痛苦。痛苦对人类就像呼吸一样自然。

哈　利

这话你以前跟我说过一次。

邓布利多

今晚我只能说这些了。

> 他动身走开。

哈　利

不要走！

邓布利多

我们所爱的人，永远不会真正离开我们，哈利。有一些东西是死亡无法触碰的。颜料……记忆……和爱。

哈　利

我也爱你，邓布利多。

邓布利多

我知道。

> 他消失了。哈利独自一人。德拉科上场。

德拉科

你知道吗？在另一个现实里——斯科皮看见的那个现实——我是魔法法律执行司司长。也许这个房间很快就会成为我的了。你没事吧？

> 哈利沉浸在痛苦中。

哈　利

进来吧——我带你转转。

> 德拉科犹豫不决地走进房间。他厌恶地打量着周围。

第 二 部

德拉科

但问题是——我其实从来没想到部里工作。即使小时候也没想过。我爸爸——他一门心思就想着这个——而我不是。

哈 利

那你当时想做什么？

德拉科

打魁地奇。可是我玩得不够好。其实我主要是想让自己开心。

　　哈利点点头。德拉科又看了他一秒钟，不确定该怎么做。

对不起，我不太善于闲聊，我们可不可以开始谈正经事？

哈 利

当然。什么——正经——事？

　　停顿。

德拉科

你认为西奥多·诺特只有唯一的一个时间转换器吗？

哈 利

什么？

德拉科

部里缴获的那个时间转换器是个样品。是用廉价金属做的。当然，它也能用。但只能穿越回去五分钟——这是一个严重的缺陷——肯定没法把这玩意儿卖给真正懂行的黑魔法收藏家。

　　哈利意识到德拉科在说什么。

哈 利

他为你工作？

德拉科

不。我父亲。家父喜欢拥有一些别人没有的东西。部里的时间转换器——感谢克罗克——在家父看来就有点稀松平常了。他希望

第四幕　第四场

能够不仅仅穿越到一小时以前，他还希望能够穿越到许多年以前。他从来没有用过它，我私下里认为，他更喜欢一个没有伏地魔的世界。不过，没错，那个时间转换器是为他量身定制的。

哈　利

你留在手里了？

　　德拉科拿出时间转换器。

德拉科

没有五分钟缺陷，像金子一样闪烁发亮，是马尔福家族喜欢的品质。你在笑了。

哈　利

赫敏·格兰杰。她留着第一个就是因为这个，她担心还会有第二个。你私藏这玩意儿，可能会被送进阿兹卡班呢。

德拉科

想想另一种可能吧——想想吧，如果人们知道我有能力穿越时间会怎样。想想吧，那个谣言就会变得更可信。

　　哈利看着德拉科，完全理解了他的意思。

哈　利

斯科皮。

德拉科

我们有能力生孩子，可是阿斯托里亚身体虚弱，中了血咒，非常厉害的一种。一位祖先受到诅咒……显现在了她身上。你知道，这些事情会在几代人之后重新出现……

哈　利

对不起，德拉科。

德拉科

当时我不想拿她的健康冒险，我说马尔福家的血脉在我这里断了

第 二 部

没关系——不管我父亲说什么都无所谓。可是阿斯托里亚——她要孩子不是为了马尔福家的名分，不是为了纯血统或者荣誉，而是为了我们。我们的孩子，斯科皮出生了……那是我们俩生命中最精彩的一天，不过阿斯托里亚的身体因此而元气大伤。我们隐藏起来，我们三个。我想让她保存体力……于是，谣言就开始出现了。

哈　利

我无法想象那是什么感觉。

德拉科

阿斯托里亚一直知道自己注定不会长寿。她希望我在她离开后再找一个人，因为……身为德拉科·马尔福是格外孤独的。我总是受到怀疑。永远摆脱不了过去。然而我一直没有意识到，我把儿子藏起来，让他远离这个飞短流长、评头论足的世界，实际上反而让他在露面时遭遇更可怕的怀疑，这怀疑超出了我曾忍受的一切。

哈　利

爱会蒙蔽人的双眼。我们俩试图给予我们儿子的都不是他们所需要的，而是我们自己需要的。我们一直忙着去改写我们自己的过去，却破坏了他们的现在。

德拉科

所以你才需要这个。我一直留着它，勉强克制着用它的渴望，尽管我愿意出卖自己的灵魂，只要能再跟阿斯托里亚共享哪怕一分钟的时光……

哈　利

哦，德拉科……我们不能。我们不能用它。

　　德拉科抬头看着哈利，在这绝望的谷底，他们第一次作

第四幕　第四场

为朋友互相对视。

德拉科

我们一定要找到他们——即使花上几个世纪，我们也必须找到我们的儿子……

哈　利

我们不知道他们在哪儿，在什么时间里，不知道具体是什么时候。而在漫漫的时间长河里盲目搜寻，是徒劳无益的。不，爱对此无能为力，时间转换器也起不了作用。现在只能靠我们的儿子——只有他们才能拯救我们。

第四幕 第五场

戈德里克山谷,詹姆和莉莉·波特家的外面,1981

阿不思和斯科皮绝望地环顾四周,想解出这个旷世难题。

阿不思

我们去告诉我的爷爷奶奶?

斯科皮

就说他们永远都看不到自己的儿子长大了?

阿不思

我奶奶够坚强的——我知道——你刚才看见她了。

斯科皮

她看上去美极了,阿不思。如果我是你,我会不顾一切地想跟她说话。可是她必须为了哈利能活命而央求伏地魔,她必须以为哈利会死,而你是个最讨厌的剧透者,你会大大破坏那个没有变成现实的世界……

阿不思

邓布利多。邓布利多还活着。我们去找邓布利多帮忙吧。就像你上次找斯内普帮忙——

第四幕　第五场

斯科皮

我们能冒险让他知道你爸爸活下来了？让他知道你爸爸有了孩子？

阿不思

他是邓布利多呀！没有他对付不了的事情！

斯科皮

阿不思，大约有一百本书写的都是邓布利多知道什么，是怎么知道的，以及他为什么做了他做的那些事情。但是有一点确切无疑——他做的事情——是他必须要做的——我不会冒险胡乱插手。（停顿，他恳求地看着朋友。）我当时能够请斯内普帮忙，是因为我在一个交替的现实里。我们现在不是。我们是在过去。我们不能为了修正时间而制造更多的麻烦——如果说这些冒险经历教我们懂得了一些什么的话，应该就是这个了。跟别人说话——对时间产生影响——这太危险了。

阿不思

那么我们就需要——跟未来对话。我们需要给爸爸发送一条信息。

斯科皮

可是我们没有一只能穿越时间的猫头鹰。而且你爸爸没有时间转换器。

阿不思

我们给爸爸发送一条信息。他会想办法回到这里的。哪怕他不得不亲手造一个时间转换器。

斯科皮

我们送去一段记忆——就像冥想盆——我们站在他身旁，发出一条信息，希望他能找到这段记忆，时间分毫不差。我知道这不太可能，可是……站在那个婴儿身边——一遍又一遍地喊**救命。救命。救命**。我想，这可能会给婴儿造成一点点心理创伤。

第 二 部

阿不思

只是一点点。

斯科皮

跟即将发生的事情相比,现在的一点点心理创伤实在不算什么……也许,当他——后来——回想时,可能会记得我们俩的脸——我们在喊——

阿不思

救命。

  斯科皮看着阿不思。

斯科皮

你说得对。这是个可怕的主意。

阿不思

这是你最糟糕的主意之一。

斯科皮

有了!我们自己送信——我们等待四十年——然后把消息送过去——

阿不思

根本行不通——戴尔菲一旦让时间成为她想要的样子,就会派大批人马来寻找我们——杀死我们——

斯科皮

那么我们躲在一个山洞里?

阿不思

虽然接下来的四十年跟你一起躲在山洞里倒是蛮愉快的……但他们会找到我们的。然后我们就会死,时间就会被困在错误的状况下。不。我们需要一件能控制的东西,一件我们知道我爸爸能在恰当的时间点拿到的东西。我们需要一个……

第四幕　第五场

斯科皮

　　我们什么也没有。不过，如果我不得不选一个人做伴，和他一起等待无尽的黑暗的回归，我会选择你。

阿不思

　　你别见怪，但我会选择一个身材魁梧、真正精通魔法的人。

　　　　莉莉用婴儿车推着婴儿哈利从房子里出来，她仔细地把一条毯子盖在他身上。

　　他的毯子。他妈妈给他裹上了他的毯子。

斯科皮

　　是啊，天气有一点寒意。

阿不思

　　他总是说——这是他从他妈妈那儿得到的唯一的东西。看他妈妈给他盖毯子时多么慈爱啊——我想他肯定愿意知道这点——真希望我能告诉他。

斯科皮

　　我也希望能告诉我爸爸——其实，我也不知道要告诉他什么。我想，我愿意对他说，我偶尔也有能力做一些勇敢的事，超出他对我的期望。

　　　　阿不思有了一个念头。

阿不思

　　斯科皮——我爸爸还留着那条毯子。

斯科皮

　　那不会管用的。如果我们现在在毯子上留一条信息，即使很小很小，他也会很快就读到。时间还是会被破坏。

阿不思

　　关于迷情剂，你知道什么？它都包含什么成分？

第 二 部

斯科皮

除了其他东西，还有珍珠粉。

阿不思

珍珠粉是比较稀罕的成分，是不是？

斯科皮

主要是因为它价格很贵。你问这个干吗，阿不思？

阿不思

我去学校的前一天，跟爸爸吵了一架。

斯科皮

这点我已经意识到了。我认为那似乎就是我们陷入这场困境的原因。

阿不思

当时我把毯子扔到房间那头。它撞到了罗恩舅舅恶作剧送给我的那瓶迷情剂。魔药洒出来了，洒得毯子上到处都是，而我碰巧知道一个事实，自从我离开后妈妈就没让爸爸动过那个房间。

斯科皮

所以呢？

阿不思

所以，在他们的时间里，万圣节前夕快到了，在我们这儿也是——我爸爸告诉过我，在万圣节前夕，他总会找到那条毯子，他需要跟毯子在一起——这是他妈妈留给他的最后一件东西——所以，他会去找毯子，然后，当他发现毯子……

斯科皮

不。我还是没明白你的思路。

阿不思

什么能跟珍珠粉发生反应？

第四幕　第五场

斯科皮

嗯，据说如果隐形兽酊油和珍珠粉相遇……就会燃烧。

阿不思

那么肉眼能看见（他不确定怎么说这个词）隐形兽酊油吗？

斯科皮

看不见。

阿不思

那么，如果我们拿到那条毯子，用隐形兽酊油在上面写字，然后……

斯科皮（恍然大悟）

什么也不会跟它发生反应，直到它接触到迷情剂。在你的房间。在他们现在的时间。托邓布利多的福，我爱死这主意了。

阿不思

我们只需要弄清在哪儿能找到一些……隐形兽。

斯科皮

你知道，传言说巴希达·巴沙特一向认为男女巫师都没必要锁门。

　　　门打开着。

传言千真万确。现在该去偷几根魔杖，开始制药了。

第四幕　第六场

哈利和金妮·波特的家中，阿不思的房间

哈利坐在阿不思的床上，金妮走进来，她看着他。

金　妮
没想到你在这儿。

哈　利
别担心，我什么也没碰。你的圣殿保存完好。（他皱了皱眉。）对不起，用词不当。

　　金妮没有说话。哈利抬头看着她。
你知道，我经历过几个非常可怕的万圣节前夜——但这无疑是可怕程度能排进——前两位的一个。

金　妮
我错了——不该怪你——我总是责备你草率行事，其实是我——阿不思失踪了，我想当然地以为是你的错。对不起，我不该那么做。

哈　利
你不认为这是我的错？

金　妮
哈利，他是被一个强大的黑女巫绑架的，怎么可能是你的错呢？

第四幕　第六场

哈　利

是我把他赶跑的。是我把他赶向了那个女巫。

金　妮

我们能别这样吗，好像战斗已经输了似的？

>　金妮朝他点点头。哈利开始哭泣。

哈　利

对不起，金——

金　妮

你没在听我说话吗？我也很抱歉。

哈　利

我不应该活下来的——死是我的宿命——就连邓布利多也这么想——然而我活下来了。我打败了伏地魔。所有那些人——所有那些人——这个叫克雷格的男孩，我的父母，弗雷德，五十位阵亡者——结果偏偏我活了下来？这是怎么回事？这一切的代价——都是我的错。

金　妮

他们是被伏地魔杀死的。

哈　利

可要是我早点阻止他呢？我手上沾了那么多鲜血。现在，我们的儿子也被弄走了——

金　妮

他没有死。你没听见我的话吗，哈利？他没有死。

>　她把哈利拥入怀中。长久的停顿，空气里充满浓浓的悲伤。

哈　利

大难不死的男孩。有多少人为了大难不死的男孩而死？

>　哈利踌躇了片刻，不知所措。然后他注意到了那条毯子。

第 二 部

> 他朝毯子走去。

你知道，我只有这条毯子……关于那个万圣节前夕。我只有这条毯子可以回忆他们。然而——

> 他拿起毯子。他发现毯子上有个破洞。
>
> 他看着毯子，神情沮丧。

它上面有了破洞。罗恩的那个白痴迷情剂把它烧穿了，烧出了窟窿。你看看吧。它被毁了。被毁了。

> 他扔下毯子。金妮把毯子捡起来，仔细查看。

金　妮

哈利……

哈　利

怎么了？

金　妮

哈利，它上面——写着——什么东西——

> 阿不思和斯科皮突然出现，与哈利和金妮同时在舞台上，但是被隔在不同的时间里。

阿不思

"爸爸……"

斯科皮

用"爸爸"开头？

阿不思

这样他就知道是我写的。

斯科皮

哈利是他的名字。我们应该用"哈利"开头。

阿不思（坚决地）

就用"爸爸"开头。

第四幕　第六场

哈利

"Dad",难道写的是"爸爸"?不是特别清楚……

斯科皮

"Dad,HELP."

金妮

"Hello"?是不是"Hello"?后面是……"Good"……

哈利

"Dad Hello Good Hello"?不。这是个……莫名其妙的笑话。

阿不思

"Dad. Help. Godric's Hollow."

金妮

把它给我。我的眼神比你好。是的。"Dad Hello Good"——后面这个词不是又一个"Hello"——是"Hallow"或者"Hollow"?后面还有一串数字——这些比较清楚"3……1……1……0……8……1"。难道是麻瓜的那种电话号码?或者一个参考坐标,或者一个……

哈利抬起头,几个念头同时在他脑海里飞速掠过。

哈利

不。这是个日期。1981年10月31日。是我父母遇害的日子。

金妮看着哈利,然后又看着毯子。

金妮

这上面说的不是"Hello",而是"Help"。

哈利

"爸爸。救命。戈德里克山谷。31/10/81。"这是一条情报。聪明的儿子,给我留了一条情报。

哈利使劲亲吻金妮。

第 二 部

金　妮

这是阿不思写的？

哈　利

他告诉我，他们在什么地方，在什么时间里。现在我们知道那个女人在哪儿了，知道我们可以在哪儿跟她较量了。

　　他再次使劲亲吻金妮。

金　妮

我们还没有把他们重新弄回来呢。

哈　利

我派一只猫头鹰去通知赫敏。你派一只去通知德拉科。告诉他们带着时间转换器到戈德里克山谷跟我们碰头。

金　妮

是"我们"，对吗？你可别想不带上我就穿越回去，哈利。

　　哈利亲吻妻子——内心充满感激和爱。

哈　利

你当然要去。金妮，我们有机会了，托邓布利多的福——我们所需要的就是这个——机会。

第四幕　第七场

戈德里克山谷

罗恩、赫敏、德拉科、哈利和金妮穿行在当下的戈德里克山谷。一个繁忙的集市城镇（它在这么多年中发展了起来）。

赫　敏

戈德里克山谷。肯定有二十年了……

金　妮

只有我觉得这儿的麻瓜更多了吗？

赫　敏

它已经变成一个很受欢迎的周末度假小镇了。

德拉科

我知道为什么——看看那些茅草屋顶。那是一个农贸集市吗？

赫敏走近哈利——哈利正环顾四周，完全沉浸在眼前看到的一切中。

赫　敏

你还记得我们上次来这儿的情景吗？感觉就像回到了从前。

罗　恩

回到了从前，还多了几个不受欢迎的马尾辫。

第 二 部

德拉科对讽刺挖苦的话很敏感。

德拉科

我能否说一句……

罗　恩

马尔福，你可能跟哈利关系走得很近，你可能培养了一个还算不错的孩子，但是你说过我妻子的坏话，甚至对她本人也说过……

赫　敏

你妻子并不需要你挺身而出为她作战。

赫敏恶狠狠地看着罗恩。罗恩受到打击。

罗　恩

好吧。但是你敢说一句关于她或我的……

德拉科

你就怎么样呢，韦斯莱？

赫　敏

他就会拥抱你。因为我们现在同属一个团队了，是不是，罗恩？

罗　恩（面对她坚定的目光，迟疑了）

好吧。我，嗯，我认为你的头发真漂亮。德拉科。

赫　敏

谢谢你，老公。好了，这个地方似乎不错。我们开始行动吧……

德拉科拿出时间转换器——其他人都围着它站好位置，它开始飞速旋转。

一道强光嗖地闪过。哗啦一声巨响。

时间停止。然后掉头，踌躇须臾，开始倒转，起初转得很慢……

随即加快了速度。

第四幕　第七场

　　他们打量着自己的周围。

罗　恩

怎么样？它起作用了？

第四幕　第八场

戈德里克山谷，一座棚屋，1981

阿不思抬头惊讶地看见金妮，接着是哈利，然后他看清了这支快乐队伍中的其他人（罗恩、德拉科和赫敏）。

阿不思

妈妈？

哈　利

阿不思·西弗勒斯·波特。见到你真是太高兴了。

　　阿不思跑过去，一头扑进金妮怀里。金妮搂住他，满心欢喜。

阿不思

你们收到了我们的留言……？

金　妮

我们收到了你们的留言。

　　斯科皮跑到他爸爸面前。

德拉科

如果你愿意，我们也可以拥抱……

　　斯科皮看着爸爸，犹豫了一下。然后他们非常笨拙地勉

第四幕　第八场

　　　强做了个拥抱的姿势。德拉科露出笑容。

罗　恩

好了，这个戴尔菲在哪儿？

斯科皮

你们知道戴尔菲的事？

阿不思

她就在这儿——我们认为她想杀死你。在伏地魔用咒语击中自己之前。她要杀死你，以此打破那个预言，然后……

赫　敏

是的，我们也认为可能是这样。你们知道她此刻的确切位置吗？

斯科皮

她消失了。你们是怎么——没有时间转换器，你们是怎么……

哈　利（插进来）

说来话长，一言难尽，斯科皮。我们没有时间细说。

　　　德拉科感激地朝哈利微笑。

赫　敏

哈利说得对。时间是至关重要的。我们需要摆好阵势。我说，戈德里克山谷虽然不是个很大的地方，但是她可能从任何方向过来。所以，我们需要一个能看清整个小镇的所在——有许多个清晰的观察点——最重要的是，能把我们自己隐藏起来，因为我们不能冒险让别人看见。

　　　众人都皱眉沉思。

我认为圣杰罗姆教堂能满足所有这些条件，你们说呢？

第四幕　第九场

戈德里克山谷，教堂，祭坛，1981

阿不思在教堂长凳上睡觉。金妮仔细地注视着他。哈利眺望对面的窗外。

哈　利

没有。什么动静都没有。她为什么还不来呢？

金　妮

我们团聚了，你爸爸妈妈还活着，我们可以转换时间，哈利，却不能使时间加快。她准备好了就会现身，我们要做好准备对付她。

她看着熟睡的阿不思。

或者，我们中间的几个人要准备迎战。

哈　利

可怜的孩子以为他必须拯救世界。

金　妮

可怜的孩子已经拯救了世界。那条毯子简直是神来之笔。我承认，他也差点儿把世界给毁了，但是我们最好别盯着那一部分。

哈　利

你觉得他没事吧？

第四幕　第九场

金　妮

他会没事的，只是可能需要一些时间——你也需要一些时间。

　　哈利微笑。金妮回身看着阿不思。哈利也看着阿不思。

知道吗，当年我打开密室——伏地魔用那本可怕的日记蛊惑了我，我差点毁掉一切——

哈　利

我记得。

金　妮

我出院之后——大家都不愿意理我，都排挤我——除了，除了那个拥有一切的男孩——他在格兰芬多公共休息室朝我走来，要跟我玩一局噼啪爆炸。人们以为他们完全了解你，其实，你最可贵的品质是——一直都是——用静静的方式表现出英雄气质。我认为——这件事结束之后，你要尽量记住——有时候人们——特别是孩子——只是想要有人跟他们玩噼啪爆炸。

哈　利

你认为我们缺少的就是这个——噼啪爆炸？

金　妮

不。可是那天我从你那儿感受到的爱——我不能肯定阿不思也感受到了。

哈　利

我愿意为他做任何事情。

金　妮

哈利，你愿意为任何人做任何事情。你当年就愿意为了世界欣然牺牲自己。他需要感受到特殊的爱。那会让他更强大，也会让你更强大。

第 二 部

哈　利

你知道吗，直到我们以为阿不思不在了，我才真正懂得了我妈妈能够为我做的事情。一个那么有威力的反咒，竟然能够击退了死咒。

金　妮

那是伏地魔唯一不能理解的咒语——爱。

　　这句话在房间里回荡，有力而动人。

哈　利

我真的特别爱他，金妮。

金　妮

我知道，但他需要感受到这份爱。

　　哈利忧伤地对妻子微笑，明白了他需要改变的到底是什么。

哈　利

我很幸运能拥有你，是不是？

金　妮

太对了。而且我很愿意另找个时间讨论一下你到底有多幸运。可是现在——我们还是集中精力阻止戴尔菲吧。

哈　利

我们没有多少时间了。

　　金妮突然产生一个想法。

金　妮

除非——哈利，有没有人考虑过——她为什么要挑选现在？挑选今天？

哈　利

因为这是改变一切的日子……

金　妮

此时此刻，你已经一岁多了，是吗？

第四幕　第九场

哈　利

一岁零三个月。

金　妮

她有一年零三个月的时间可以杀死你。即使现在，她又在戈德里克山谷等了二十四个小时。她在等什么呢？

哈　利

我还是没能完全理解——

金　妮

如果她不是在等你——而是在等他……想阻止他呢？

哈　利

什么？

金　妮

戴尔菲挑选今晚是因为他要来——因为她的父亲要来。戴尔菲想见到他。想跟他在一起，那个她深爱着的父亲。伏地魔的麻烦是从他攻击你的那一刻开始的。如果他根本没做那件事……

哈　利

他只会变得更强大——黑暗世界只会变得更黑暗。

金　妮

要想打破预言，最好的办法不是杀死哈利·波特，而是阻止伏地魔动手出击。

第四幕　第十场

戈德里克山谷，教堂，1981

一群人聚集在一起，充满困惑。

罗　恩

让我把这事儿理理清楚——我们是为了保护伏地魔而战？

阿不思

杀死我爷爷奶奶的伏地魔，试图杀死我爸爸的伏地魔？

赫　敏

太对了，金妮。戴尔菲不是想杀死哈利——她是想阻止伏地魔，不让他试图杀死哈利。精彩。

德拉科

那么——我们就这么等着？等伏地魔露面？

阿不思

戴尔菲知道他什么时候会露面吗？她提前二十四个小时上这儿来，不就是因为不能确定他什么时候会来，从哪个方向来吗？那些历史书上——如果说错了请纠正我，斯科皮——根本没写到他是什么时候、怎么来到戈德里克山谷的，对吗？

第四幕　第十场

斯科皮和赫敏

　　你说得没错。

罗　恩

　　哎呀！两个学霸！

德拉科

　　那么我们如何利用这点呢？

阿不思

　　你知道我特别擅长什么吗？

哈　利

　　你有许多事情都很擅长，阿不思。

阿不思

　　复方汤剂。我认为巴希达·巴沙特的地下室里可能有复方汤剂的所有配料。我们可以用复方汤剂变成伏地魔，把戴尔菲引过来。

罗　恩

　　使用复方汤剂就需要那个人身上的一点东西。我们没有伏地魔的任何东西。

赫　敏

　　但是我欣赏这个想法，用假老鼠把猫引出来。

哈　利

　　我们通过变形术能变到什么程度？

赫　敏

　　我们知道他是什么模样。我们这里有几位非常出色的男巫和女巫。

金　妮

　　你想变形为伏地魔？

阿不思

　　这是唯一的办法。

第 二 部

赫　敏

确实如此，不是吗？

　　罗恩勇敢地上前一步。

罗　恩

那我愿意——我认为应该由我变成他。我承认，变成伏地魔不会——不会特别漂亮——但是，我不想自吹自擂——我恐怕是我们中间最冷静的人，所以……所以变成他——变成黑魔头，对我的伤害会比较小，跟你们这些更——容易紧张的人——相比。

　　哈利走到一边，陷入沉思。

赫　敏

你说谁容易紧张呢？

德拉科

我也想自告奋勇。我认为，成为伏地魔需要心思缜密……请别见怪，罗恩……还需要掌握黑魔法知识，而且——

赫　敏

我也愿意毛遂自荐。作为魔法部部长，我认为这是我的责任和权利。

斯科皮

也许我们应该抽签——

德拉科

你不会也自告奋勇吧，斯科皮。

阿不思

实际上——

金　妮

不，绝对不行。我认为你们全都疯了。我知道那声音钻进你脑子里是什么感觉。我不会再让它钻进我脑子里——

第四幕　第十场

哈　利

　　无论怎么说——这事非我莫属。

　　　　大家都转脸看着哈利。

德拉科

　　什么？

哈　利

　　要想让这个计划奏效，戴尔菲必须相信这就是他，没有半点犹豫。戴尔菲会使用蛇佬腔——我就知道，我仍然具有那种能力肯定是有原因的。但比那更重要的是，我——我知道那是什么感觉——像他一样。我知道做他是什么感觉。这事非我莫属。

罗　恩

　　废话。说得很漂亮，却是漂亮的废话。绝不能让你——

赫　敏

　　恐怕你是对的，我的老朋友。

罗　恩

　　赫敏，你错了，做伏地魔可不是闹着玩儿的——不应该让哈利——

金　妮

　　我不愿意赞成我哥哥，可是……

罗　恩

　　他可能会被困住——作为伏地魔——永远变不回来了。

赫　敏

　　你的担心是有根据的，但是……

哈　利

　　稍等，赫敏。金妮。

　　　　金妮和哈利互相对视。

　　如果你不愿意我这么做，我不会做的。但我觉得这似乎是唯一的

第 二 部

办法。我错了吗?

  金妮思忖了一会儿,然后轻轻点了点头。哈利的神情变得刚毅。

金　妮

你是对的。

哈　利

那我们就照此行动吧。

德拉科

难道我们不需要讨论一下你要走的路线——以及——

哈　利

戴尔菲在寻找伏地魔。她会冲我而来。

德拉科

然后怎么样呢?等她和你在一起的时候?我是否要提醒你,这是一个非常强大的女巫。

罗　恩

很容易。哈利把她弄到这里。我们一起动手干掉她。

德拉科

"干掉她"?

  赫敏在房间里左右环顾。

赫　敏

我们就躲在那些门后面。哈利,如果你能把她引到这个位置(她指着阳光透过教堂的圆花窗照在地上的那个亮点),我们就马上出来,确保她没有机会逃跑。

罗　恩(看了德拉科一眼)

然后我们就干掉她。

第四幕　第十场

赫　敏

　　哈利，最后一次机会，你真的可以做这件事？

哈　利

　　是的，我可以做。

德拉科

　　不，有太多的万一——太多可能出错的环节——变形术可能无法持久，她可能会一眼看穿——如果她从我们这儿逃脱，那就天知道她会造成什么样的破坏——我们需要时间周密计划一下——

阿不思

　　德拉科，相信我爸爸吧。他不会让我们失望的。

　　　　哈利看着阿不思——深受感动。

赫　敏

　　魔杖。

　　　　每个人都抽出了魔杖。哈利攥紧自己的魔杖。
　　　　一道光越来越强——把他们全部笼罩。
　　　　变形的过程缓慢而吓人。
　　　　然后，伏地魔的形象从哈利身体里浮现。情形十分可怕。
　　　　他转过身。他环视着他的朋友和亲人。他们也看着他——
　　　　惊骇莫名。

罗　恩

　　我的天哪！

哈利 / 伏地魔

　　看来成功了？

金　妮（语气凝重）

　　是的。成功了。

第四幕　第十一场

戈德里克山谷，教堂，1981

罗恩、赫敏、德拉科、斯科皮和阿不思站在窗口，看着窗外。金妮不忍看。她远远地坐在后面。

阿不思注意到妈妈独自坐着。他走到她面前。

阿不思

不会有事的，你知道吗，妈妈？

金　妮

我知道。或者我希望自己知道。我只是——不想看到他那副样子。我爱的男人藏在我仇恨的那个人外表下。

阿不思挨着妈妈坐下。

阿不思

我喜欢过她，妈妈。你知道吗？我当时真的喜欢她。戴尔菲。而她是——伏地魔的女儿？

金　妮

这正是他们所擅长的，阿不思——张开网捕捉天真单纯的人。

阿不思

这都是我的错。

第四幕　第十一场

　　　　金妮把阿不思搂进怀里。

金　妮

真有意思。你爸爸似乎认为都是他的错。你们俩真是奇怪的一对。

　　　　斯科皮在门边发出嘘声，打断了他们的对话。

斯科皮

她来了。她来了。她看见他了。

赫　敏

各就各位。每个人。记住，等哈利把她引到亮光里时，我们再出来。我们只有一次机会，可千万不能把它搞砸了。

　　　　他们都快速行动起来。

德拉科

赫敏·格兰杰，我竟然被赫敏·格兰杰支使得团团转。（赫敏转向他，他露出微笑。）而我竟然还蛮享受的。

斯科皮

爸爸……

　　　　他们分头散开。他们藏在两扇大门后面。

　　　　哈利／伏地魔重新走进教堂。他走了几步，然后转身。

哈利／伏地魔

跟踪我的这位女巫或者男巫，我警告你，你会后悔的。

　　　　戴尔菲在他身后出现。她不由自主被他吸引。这是她的父亲，她为这一刻等了整整一辈子。

戴尔菲

伏地魔大人。是我。是我在跟踪您。

哈利／伏地魔

我不认识你。离开我。

　　　　她深深地呼吸。

第 二 部

戴尔菲

我是您的女儿。

哈利／伏地魔

如果你是我的女儿，我应该知道。

戴尔菲恳求地看着他。

戴尔菲

我来自未来。我是贝拉特里克斯·莱斯特兰奇和您的孩子。我在霍格沃茨战役之前出生于马尔福庄园。在这场战役中您会失败。我是过来救您的。

哈利／伏地魔转过身。她迎住他的目光。

是罗道夫斯·莱斯特兰奇，贝拉特里克斯的忠诚的丈夫，从阿兹卡班回来，把我的身世告诉了我，并向我透露了那个他认为我注定要实现的预言。我是您的女儿，先生。

哈利／伏地魔

我跟贝拉特里克斯很熟悉，你的脸跟她有几分相似——不过你并没有继承她的精华。可是没有证据……

戴尔菲全神贯注地说蛇佬腔。

哈利／伏地魔邪恶地大笑。

这就是你的证据？

戴尔菲毫不费力地升到空中。哈利／伏地魔后退一步——

惊愕万分。

戴尔菲

我是黑魔王您的卜鸟，我愿意奉献出我的一切为您效劳。

哈利／伏地魔（努力不让自己的惊愕显露出来）

你从——我这儿——学会了飞？

第四幕 第十一场

戴尔菲

我努力追随您开创的道路。

哈利/伏地魔

我之前从未碰到过一个想跟我平起平坐的男巫或女巫。

戴尔菲

请不要误解我的意思——我绝不敢奢望配得上您,大人。但是我想成为您引以骄傲的孩子,我已将我的一生奉献于此。

哈利/伏地魔(打断她的话)

我看到了你的本领,我看到了你的潜力。女儿。

> 她看着他,内心深为感动。

戴尔菲

父亲?

哈利/伏地魔

我们联手,将威力无比。

戴尔菲

父亲……

哈利/伏地魔

过来,到亮光里来,让我仔细看看我的血脉。

戴尔菲

您的使命是个错误。攻击哈利·波特是个错误。他会把您毁掉。

> 哈利/伏地魔的手变成了哈利的手。他惊愕而沮丧地看着它,然后很快地把手缩进衣袖里。

哈利/伏地魔

他还是个婴儿。

戴尔菲

他拥有他母亲的爱,您的咒语会反弹回来,把您摧毁,使他变得无比强大，而您无比虚弱。您会恢复，用接下来的十七年与他较量——可这场战役您将会输。

哈利/伏地魔的头发开始冒出来，他感觉到了，试图掩盖。

他把兜帽拉上去盖住脑袋。

哈利/伏地魔

那我就不去攻击他了。你说得对。

戴尔菲

父亲？

哈利/伏地魔的身体在收缩——此刻他更像哈利而不是伏地魔。他转身背对戴尔菲。

父亲？

哈　利（拼命让自己的声音仍然像伏地魔）

你的计划很好。这次攻击取消。你对我很有帮助，现在过来，到亮光里来，让我仔细看看你。

戴尔菲看见一扇门微微开了条缝，接着又被拉上了。她不由皱起了眉头，脑子里飞快地思索，她的怀疑在增长。

戴尔菲

父亲……

她想再看一眼他的脸，他们之间像跳舞一样在转圈。

你不是伏地魔大人。

戴尔菲从手里射出一道光。哈利动作不比她慢。

火焰熊熊！

哈　利

火焰熊熊！

两道光相遇，在房间中央迸出绚丽的火花。

其他人想破门而入，戴尔菲用另一只手朝门上发射咒语。

第四幕　第十一场

戴尔菲

　　你是波特。快快禁锢！

　　　　哈利看着门，神色惊慌。

金　妮（从远处）

　　她从你那边把门封死了。

戴尔菲

　　怎么？以为你的朋友们会跟你一起对付我，是吗？

赫　敏（从远处）

　　哈利……哈利……

哈　利

　　很好。我就一个人对付你吧。

　　　　他再次移动出击。可是她比他强大得多。

　　　　哈利的魔杖脱手朝她飞去。他失去了武器。他无能为力了。

　　你怎么……？你是什么来头？

戴尔菲

　　我已经观察你很长时间了，哈利·波特。我比我的父亲更了解你。

哈　利

　　你认为你弄清了我的弱点？

戴尔菲

　　为了配得上他，我勤奋学习！是的，虽然他是古往今来最高超的巫师，但他会为我感到骄傲。飞沙走石！

　　　　哈利翻身一滚，地板在他身后爆炸。他拼命钻到一条教
　　　　堂长凳底下，努力想办法跟她较量。

　　怎么，你从我面前爬走了？哈利·波特。巫师界的大英雄。像只老鼠一样在地上爬。羽加迪姆　勒维奥萨！

　　　　教堂长凳升到了空中。

第 二 部

问题在于我是不是值得花时间干掉你，我知道一旦阻止了我父亲，你就肯定彻底完蛋。怎么决定呢？哦，我烦了，还是把你干掉吧。

> 她让那条长凳落下来，狠狠地砸向他。他不顾一切地往旁边一滚，长凳摔碎了。
>
> 阿不思从地板上的一扇格栅中钻出来，他们俩都没注意到。

阿瓦达——

阿不思

爸爸……

哈 利

阿不思！不！

> 阿不思扔给哈利一根魔杖。哈利接住魔杖，为儿子的冒险行为感到惊愕不已。

戴尔菲

你们两个？选择，选择。我还是先干掉男孩吧。阿瓦达索命！

> 她朝阿不思射出杀戮咒——可是哈利将阿不思一把推开了。魔咒击穿地板。他反击了一个咒语。

你以为自己比我强大？

哈 利

不。我没你强大。

> 他们疯狂地彼此发射一个个魔咒，阿不思飞快地翻滚而去，把咒语击向一扇门和另一扇门，把它们打开。

阿不思

阿拉霍洞开！

哈 利

可是我们比你强大！

第四幕　第十一场

阿不思

　　阿拉霍洞开！

哈　利

　　我从来不独自作战，明白吗！以后也不会。

　　　　赫敏、罗恩、金妮和德拉科从门里出来，都向戴尔菲发射咒语，她狂怒地大声喊叫。威力巨大。但是她敌不过他们这么多人。

　　　　一连串猛烈的撞击声——然后，戴尔菲被彻底打垮了，瘫倒在地上。

戴尔菲

　　不……不……

赫　敏

　　五花大绑！

　　　　戴尔菲被捆绑起来。

　　　　哈利走向戴尔菲。他死死盯着她。其他人都留在后面。

哈　利

　　阿不思，你没事吧？

阿不思

　　没事，爸爸，我很好。

　　　　哈利仍然没有把目光从戴尔菲身上挪开。他仍然害怕她。

哈　利

　　金妮，他受伤了没有？我需要知道他安然无恙……

金　妮

　　当时他坚持要来。只有他身材够小，能从格栅中钻出来。我想阻止他的。

第 二 部

哈　利

你就告诉我他没事。

阿不思

我很好,爸爸。我保证。

　　哈利继续一步步逼近戴尔菲。

哈　利

曾经有许多人想伤害我——可是我的儿子!你竟然敢伤害我的儿子!

戴尔菲

我只想认识我的父亲。

　　这话使哈利深感意外。

哈　利

你无法重塑你的生活。你一直都将是个孤儿。你永远摆脱不了这种身份。

戴尔菲

就让我——见见他吧。

哈　利

我不能,也不会这么做。

戴尔菲(十分凄楚地)

那就杀了我吧。

　　哈利思索了片刻。

哈　利

我也不能这么做……

阿不思

什么?爸爸?她很危险呀。

第四幕　第十一场

哈　利
　　不，阿不思……
阿不思
　　但她是个杀人犯——我亲眼看见她杀害了——
　　　　哈利转身看着儿子，然后看着金妮。
哈　利
　　是的。阿不思，她是个杀人犯，但我们不是。
赫　敏
　　我们必须比他们好。
罗　恩
　　是啊，这很烦人，但我们发现确实如此。
戴尔菲
　　取走我的思想。取走我的记忆。让我忘记自己是谁吧。
罗　恩
　　不。我们要把你带回我们的时间。
赫　敏
　　你会被关进阿兹卡班。跟你的母亲一样。
德拉科
　　你会在那里腐烂。
　　　　哈利听见一种声音。一种咝咝声。
　　　　接着，是一种死亡般的声音——跟我们以前听到过的声音都不一样。
　　　　哈——利·波——特……
斯科皮
　　这是什么？

第 二 部

哈　利

　　不。不。还没到时候。

阿不思

　　什么？

罗　恩

　　伏地魔。

戴尔菲

　　父亲？

赫　敏

　　现在？在这儿？

戴尔菲

　　父亲！

德拉科

　　无声无息！（戴尔菲的嘴被堵住。）羽加迪姆　勒维奥萨！（她被送入半空，飘走了。）

哈　利

　　他来了。他现在就来了。

　　　伏地魔从舞台后面出现，然后穿过舞台，走到下面的观众席里。空气里弥漫着他散发出的仇恨和恐怖。他身上带着死亡的气息。每个人都知道这点。

第四幕　第十二场

戈德里克山谷，1981

哈利看着伏地魔的背影，满心绝望。

哈　利

伏地魔要去杀死我的妈妈和爸爸，而我没有任何办法阻止他。

德拉科

不是这样的。

斯科皮

爸爸，现在这时候就别……

阿不思

你可以采取行动——阻止他的。但你不会这么做。

德拉科

这才是英雄。

　　　金妮抓住哈利的手。

金　妮

你不要看，哈利。我们可以回去。

哈　利

我正在让这件事发生……我当然要看。

第 二 部

赫　敏

那我们就共同见证吧。

罗　恩

我们共同见证。

> 我们听见不熟悉的嗓音……

詹　姆（从远处）

莉莉，带着哈利快走！是他！快走！跑！我来挡住他……

> 一道闪光，然后一声狂笑。

你快躲开，明白吗——你快躲开。

伏地魔（从远处）

阿瓦达索命！

> 一道绿光在观众席闪过，哈利退缩了一下。
>
> 阿不思握住他的手。哈利紧紧抓住。他需要它。

阿不思

他尽了自己的全力。

> 金妮在哈利身边站起，握住了他的另一只手。他靠在他们身上，此刻他们搀扶着他。

哈　利

那是我妈妈，在窗口。我能看见我的母亲，她的样子多美啊。

> 一阵巨响，几扇门被炸飞。

莉　莉（从远处）

别杀哈利，别杀哈利，求求你，别杀哈利……

伏地魔（从远处）

闪开，愚蠢的女人……闪开……

莉　莉（从远处）

别杀哈利，求求你，杀我吧，杀我吧……

第四幕 第十二场

伏地魔（从远处）

　　我最后一次警告——

莉　莉（从远处）

　　别杀哈利！求求你……发发慈悲……发发慈悲……别杀我的儿子！求求你——我什么都可以做。

伏地魔（从远处）

　　阿瓦达索命！

　　　　就像闪电击穿哈利的身体。他被击倒在地，悲恸欲绝。

　　　　一种声音，如同一声被压缩的惨叫，在我们周围沉落又升起。

　　　　而我们只是注视着。

　　　　慢慢地，刚才存在的那些已不复存在。

　　　　舞台开始变化，旋转。

　　　　哈利和他的家人、朋友随之被转开，消失。

第四幕　第十三场

戈德里克山谷，詹姆和莉莉·波特的家中，1981

场景是一座破房子正在燃烧的废墟。这座房子遭遇了一场凶残的袭击。海格出现在房子里，踏着废墟走来。

海　格

　　詹姆？

　　　　他环顾周围。

莉莉？

　　　　他慢慢地往前走，不愿意一下子看见太多。他完全被惊
　　　　呆了。
　　　　然后，他看见了他们，他停住脚步，一言不发。
　　　　痛苦在他脸上蔓延。

哦。哦。不是这样——不是这样——我没想到……他们跟我说了，但是——我以为不会这样惨……

　　　　他看着他们，似乎不愿意相信这是真的，然后他低下了
　　　　头。他喃喃地说了几句话，然后从大口袋里掏出几朵皱
　　　　巴巴的花，放在地上。

对不起，他们告诉我，他告诉我，邓布利多告诉我，我不能陪你

第四幕　第十三场

们一起。那些麻瓜们过来了，看见了吗，闪着蓝色的警灯，他们不会愿意看见我这么一个傻大个儿的，是不是？

　　他发出一声啜泣。

可是真舍不得离开你们啊。我希望你们知道——你们永远不会被忘记的——我不会忘记——任何人都不会忘记。

　　这时，他听见一个声音——一个婴儿抽鼻子的声音。海格循声转过头，带着比刚才更急切的心情走过去。

　　他站在婴儿床边，低头望去，小床似乎放射出光芒。

喂。你好。你一定是哈利。你好，哈利·波特。我是鲁伯·海格。我要成为你的朋友，不管你愿意不愿意。你遭遇了磨难，不过你现在还不知道。你会需要朋友的。现在你最好跟我走，好吗？

　　警灯的蓝光充满整个房间，使房间笼罩在一种近乎不属于尘世的光芒中，海格轻轻地把哈利抱在怀里。

　　然后——他没有回头——大步离开了这座房子。

　　舞台沉入一片柔和的黑色中。

第四幕　第十四场

霍格沃茨，教室

斯科皮和阿不思非常兴奋地跑进一间教室。他们进屋后把门重重关上。

斯科皮

我真不敢相信我竟然那么做了。

阿不思

我也不敢相信你竟然那么做了。

斯科皮

罗丝·格兰杰-韦斯莱。我竟然约了罗丝·格兰杰-韦斯莱。

阿不思

而她拒绝了。

斯科皮

但我毕竟约了呀。我种下了橡果。这颗橡果将会成长为我们最终的姻缘。

阿不思

你发现没有，你是个十足的幻想家。

斯科皮

这点我倒同意——只有波利·查普曼邀请过我参加学校舞会……

第四幕 第十四场

阿不思

在另一个交替现实中,你人缘好得多——简直是众星捧月——另一个女孩约了你——那意味着——

斯科皮

是啊,按照逻辑来说,我应该追求波利——或者允许她追求我——怎么说她也是个远近闻名的美人呢——可是,罗丝毕竟是罗丝啊。

阿不思

按照逻辑来说你是个变态,知道吗?罗丝讨厌你。

斯科皮

纠正,她以前讨厌我,可是你看见我约她时她眼睛里的表情了吗?那不是讨厌,是同情。

阿不思

同情就好吗?

斯科皮

同情是一个开始,我的朋友,是一个基础,可以在上面建造一座宫殿——爱情的宫殿。

阿不思

说实在的,我一直以为在我们俩中间,我会先找到女朋友。

斯科皮

哦,你会的,毫无疑问,没准儿就是那个新来的、化着烟熏妆的魔药课教授——她对你来说够大了吧?

阿不思

我对姐弟恋不感兴趣!

斯科皮

而且你有时间——有大量的时间——去勾引她。因为罗丝要过很多年才会回心转意。

第 二 部

阿不思

我佩服你的自信。

罗丝在楼梯上与他们擦肩而过,她看着他们俩。

罗　丝

嗨。

两个男孩都不知道如何应答——她看着斯科皮。

罗　丝

你自己不别扭,事情就不会别扭。

斯科皮

领会,完全理解。

罗　丝

好吧。"蝎子王"。

她面带笑容走开了。斯科皮和阿不思面面相觑。阿不思咧嘴一笑,照斯科皮的胳膊打了一拳。

阿不思

也许你说得对——同情是一个开始。

斯科皮

你要去魁地奇球场吗?斯莱特林对赫奇帕奇——是一场重要的比赛——

阿不思

我记得我们不是讨厌魁地奇的吗?

斯科皮

人是可以改变的。而且,我一直在练习。说不定我今年还能进球队呢。走吧。

阿不思

我不能去。我爸爸安排了要过来——

第四幕　第十四场

斯科皮

他从部里抽出了时间？

阿不思

他想去散散步——给我看点东西——跟我分享——某个东西。

斯科皮

散步？

阿不思

我知道，我想应该是一件感情的信物，或者诸如此类令人作呕的东西。不过，你知道，我想我会去的。

　　斯科皮凑近了拥抱阿不思。

怎么回事？我好像记得我们决定不拥抱的。

斯科皮

我不敢确定我们该不该拥抱。对于我脑子里这个新版本的我们来说。

阿不思

最好问问罗丝该不该这样做。

斯科皮

哈！是啊。没错。

　　两个男孩分开，彼此冲对方咧嘴笑。

阿不思

吃饭的时候见。

第四幕　第十五场

一座美丽的山坡

一个美丽的夏日，哈利和阿不思走上一座山坡。

他们没有说话，尽情享受爬山时阳光照在脸上的感觉。

哈　利

　　你准备好了吗？

阿不思

　　准备好什么？

哈　利

　　哦，四年级的考试——然后是五年级——重要的一年——我五年级的时候——

　　　　他一口气说道。他看着阿不思。他笑了。

　　我做了许多事情。有些好。有些坏。还有不少很纠结。

阿不思

　　很高兴得知这个。

　　　　哈利笑了。

　　我去看了他们——你知道——看了一眼——你的妈妈和爸爸。他们——你们在一起很开心。你爸爸喜欢吐烟圈逗你玩儿，把你逗

第四幕　第十五场

得……怎么说呢,你咯咯笑得简直停不下来。

哈　利

是吗?

阿不思

我认为你肯定会喜欢他们的。我认为我也会喜欢他们的。

　　哈利点点头。一阵微微有些尴尬的沉默。
　　两人都想拉近跟对方的距离,但都没有成功。

哈　利

你知道,我以为已经摆脱了他——伏地魔——我以为已经摆脱了他——后来我的伤疤又疼了,我又开始梦见他,我甚至又说起了蛇佬腔,于是我感觉似乎自己根本没有改变——他从来就没有放过我——

阿不思

是这样吗?

哈　利

我身上伏地魔的那部分很久以前就死去了,但是仅仅从肉体上摆脱他是不够的——我必须从精神上摆脱他。这——对于一个四十岁的男人来说,要学会这点就很吃力了。

　　他看着阿不思。

我对你说的那句话——是不可原谅的,我无法请你忘记,但我希望我们能翻过这一页。

我要努力让自己成为一个更好的爸爸,阿不思。我要努力——对你以诚相待,并且……

阿不思

爸爸,你不需要——

第 二 部

哈　利

你曾对我说，你认为我什么都不怕，其实——说实在的，我什么都怕。比如，我怕黑，这点你知道吗？

阿不思

哈利·波特怕黑？

哈　利

我不喜欢狭小的空间，而且——我从没跟任何人说过，我不太喜欢——（他迟疑了一下才把话说出来）鸽子。

阿不思

你不喜欢鸽子？

哈　利（他的脸皱成一团）

肮脏、邋遢、麻麻点点的东西。让我起鸡皮疙瘩。

阿不思

可是鸽子是无害的啊！

哈　利

我知道。不过，最让我害怕的事情，阿不思·西弗勒斯·波特，是做你的爸爸。因为我完全不知道怎么做。大多数人至少都有一个爸爸做基础——努力向他看齐，或尽量别成为他那样。我什么也没有——或者说少之又少。所以我在学习，明白吗？我要拿出我全部的力量——争取成为你的好爸爸。

阿不思

我也要争取做一个更好的儿子。我知道我不是詹姆，爸爸，我永远不会像你们俩——

哈　利

詹姆一点儿也不像我。

阿不思

他不像？

第四幕　第十五场

哈　利

对詹姆来说，一切都手到擒来。我的童年充满不断的挣扎。

阿不思

我的也是。难道你是说——我——像你？

　　哈利对阿不思微笑。

哈　利

实际上你更像你妈妈——勇敢，热情，风趣——这我喜欢——我认为这使你成为了一个相当了不起的儿子。

阿不思

我差点毁掉了这个世界。

哈　利

戴尔菲并没有得逞，阿不思——是你引蛇出洞，把她带到了亮处，你找到一个办法让我们跟她较量。你可能现在还不明白，是你拯救了我们大家。

阿不思

但我是不是应该做得更好一些？

哈　利

你以为我不会问自己同样的问题吗？

阿不思（心继续往下沉，他知道爸爸不会这样做）

后来——我们抓住她时——我想杀死她。

哈　利

你亲眼看见她杀死了克雷格，你很愤怒，阿不思，那是可以理解的。而且，你不会真那么做的。

阿不思

你怎么知道？也许那就是我斯莱特林的一面。也许那就是分院帽在我内心看到的东西。

第 二 部

哈　利

我不理解你的想法，阿不思——实际上，你知道吗，你是个青春期少年，我理应无法理解你的想法，但我理解你的心。我以前没做到——很长时间都没做到——感谢这次——"越轨行为"——我知道了你的内在。斯莱特林，格兰芬多，不管你被贴上什么标签——我知道——知道——那颗心是善良的——是啊，不管你喜欢不喜欢，你都在逐渐成长为一个了不起的巫师。

阿不思

哦，我不想当一名巫师，我想去干信鸽比赛那一行。我一想起这事就兴奋。

　　哈利咧嘴笑了。

哈　利

你的这两个名字——它们不应该是一种负担。阿不思·邓布利多也有过许多磨难，你知道的——而西弗勒斯·斯内普，怎么说呢，你完全了解他——

阿不思

他们都是优秀的男人。

哈　利

都是了不起的男人，也都有很大的缺点，但是你知道吗——似乎正是这些缺点使他们更了不起。

　　阿不思环顾周围。

阿不思

爸爸？我们为什么来这儿？

哈　利

这是我经常来的地方。

阿不思

但这是一座墓园……

第四幕　第十五场

哈　利

　　这是塞德里克的墓……

阿不思

　　爸爸？

哈　利

　　那个被杀死的男孩——克雷格·鲍克——你对他熟悉吗？

阿不思

　　不太熟悉。

哈　利

　　我也不太了解塞德里克。他本来可能会代表英格兰打魁地奇。或者成为一名出色的傲罗。他有可能做任何事情。阿莫斯说得对——他被偷走了。所以我来到这里。只为说声对不起。趁我还来得及。

阿不思

　　这么做——很好。

　　　　阿不思和爸爸一起站在塞德里克墓前。哈利对儿子露出
　　　　微笑，然后抬眼看着天空。

哈　利

　　我认为这会是美好的一天。

　　　　他碰了碰儿子的肩膀。他们俩——就这样轻轻地——融
　　　　在了一起。

阿不思（微笑）

　　我也这么想。

全剧终

演 员 表

《哈利·波特与被诅咒的孩子》（第一部和第二部）由索尼亚·弗里德曼制作公司、科林·卡伦德和哈利·波特戏剧制作有限公司首次制作。于 2016 年 7 月 30 日在伦敦皇宫剧院首演。

伦敦首演演员表（按字母顺序排列）

小克雷格·鲍克	杰里米·安·琼斯
哭泣的桃金娘，莉莉·波特（大）	安娜贝尔·鲍德温
弗农姨父，西弗勒斯·斯内普，伏地魔	保罗·本托尔
斯科皮·马尔福	安东尼·博伊尔
阿不思·波特	萨姆·克莱梅特
赫敏·格兰杰	诺玛·杜梅茨韦尼
波利·查普曼	克劳迪亚·格兰特
海格，分院帽	克里斯·贾曼
扬·弗雷德里克斯	詹姆斯·勒·拉舍尔
佩妮姨妈，霍琦女士，多洛雷斯·乌姆里奇	海伦娜·林布瑞
阿莫斯·迪戈里，阿不思·邓布利多	巴里·麦卡锡
售货女巫，麦格教授	桑迪·麦克达德
火车站站长	亚当·麦克纳马拉
金妮·波特	珀皮·米勒
塞德里克·迪戈里，詹姆·波特（小），詹姆·波特（大）	
	汤姆·米利根
达力·德思礼，卡尔·詹金斯，威克多尔·克鲁姆	杰克·诺思
哈利·波特	杰米·帕克
德拉科·马尔福	亚历克斯·普赖斯
贝恩	努诺·席尔瓦
罗丝·格兰杰–韦斯莱，少年赫敏	舍莱尔·斯基特
戴尔菲	埃丝特·史密斯

罗恩·韦斯莱	保罗·索恩利
小哈利·波特	鲁迪·古德曼 艾尔弗雷德·琼斯 比利·基奥 伊万·拉瑟福德 纳撒尼尔·史密斯 迪伦·斯坦登
莉莉·波特（小）	佐伊·布拉夫 克里斯蒂娜·弗雷 克里斯蒂安娜·哈钦斯

其他角色的演员

尼古拉·亚历克西斯，杰里米·安·琼斯，罗斯玛丽·安娜贝拉，安娜贝尔·鲍德温，杰克·贝内特，保罗·本托尔，克劳迪亚·格兰特，詹姆斯·霍华德，罗利·詹姆斯，克里斯·加曼，马丁·约翰斯顿，詹姆斯·勒·拉舍尔，海伦娜·林布瑞，巴里·麦卡锡，安德鲁·麦克唐纳，亚当·马克纳马拉，汤姆·米利根，杰克·诺思，斯图尔特·拉姆齐，努诺·席尔瓦，舍莱尔·斯基特

替补演员

海伦·阿鲁科，马修·班克罗夫特，莫拉格·克罗斯，奇波·库雷亚，汤姆·麦克利，乔舒亚·怀亚特

努诺·席尔瓦	驻团动作导演
杰克·诺思	动作副领队
莫拉格·克罗斯	声音领队

2017年创作和制作团队

故事原创	J.K. 罗琳，约翰·蒂法尼，杰克·索恩
编剧	杰克·索恩
导演	约翰·蒂法尼
动作指导	史蒂文·霍格特
布景设计	克里斯汀·琼斯
服装设计	卡特里娜·林赛
作曲/编曲	仲莫金·希普
灯光设计	内尔·奥斯丁
音效设计	加雷思·弗赖伊
视觉效果/魔法	杰米·哈里森
音乐总监/编曲	马丁·洛
选角导演	朱莉亚·霍兰（英国和爱尔兰选角导演协会）
制作经理	加里·比斯东
舞台制作经理	萨姆·亨特
副导演	德斯·肯尼迪
副动作导演	尼尔·贝特斯
布景设计助理	布雷特·J. 巴纳吉斯
音效设计助理	皮特·马尔金
视觉特效/魔法助理	克里斯·费希尔
选角助理	洛特·海因斯
灯光设计助理	亚当·金

服装设计总监	萨拜因·勒迈特
发型/假发/化妆	卡罗尔·汉考克
道具总监	丽莎·巴克利，玛丽·哈利迪
音乐编辑	费吉·亚当斯
音乐制作	伊莫金·希普
特效	杰里米·谢尼克
视频设计	芬恩·罗斯，阿什·伍德沃德
方言指导	达尼埃尔·莱登
发声指导	理查德·赖德
驻团导演	皮普·米尼索普
剧团舞台经理	理查德·克莱顿
舞台经理	乔丹·诺贝尔－戴维斯
副舞台经理	詹妮弗·泰特
舞台经理助理	奥利弗·巴格韦尔·普里福伊，汤姆·吉尔丁，莎莉·英奇，本·谢拉特
戏装主管	艾米·吉洛特
副戏装主管	劳拉·沃特金斯
戏装助理	凯特·安德森，琳恩·海尔德
服装师	乔治·艾米埃尔，梅丽莎·库克，罗西·埃瑟里奇，约翰·奥文登，艾米丽·斯威夫特
日间服装助理	梅丽莎·哈德利
发型/假发/化妆主管	妮娜·范·霍滕
发型/假发/化妆副主管	爱丽丝·汤斯
发型/假发/化妆助理	雅各布·费塞，卡西·墨菲，乔安娜·西姆
音效主管	克里斯·里德
音效副主管	罗威娜·爱德华兹
音效三号主管	劳拉·黑德
特效操作	卡勒姆·唐纳森
自动化主管	乔希·彼得斯
自动化副主管	杰米·劳伦斯

自动化三号主管	杰米·罗布森
首席灯光师	戴维·特雷纳
副灯光师	帕迪·麦基
演员飞行装置技师	保罗·格尼
儿童演员监护人	戴维·罗素，埃莉诺·道林
综合管理	索尼亚·弗里德曼制作公司
执行导演	黛安娜·本杰明
执行制作人	帕姆·斯金纳
副执行制作人	菲奥娜·斯图尔特
助理制作人	本·坎宁
综合管理助理	马克斯·比特斯顿
制作助理	伊莫金·克莱尔－伍德
市场经理	梅格·梅西
销售收入主管	马克·佩恩
副制作人（开发）	露西·罗瓦特
文学助理	杰克·布拉德利
剧院座位助理	托比亚斯·琼斯

原创故事团队简介

J.K. 罗琳
故事原创

  J.K. 罗琳是畅销书"哈利·波特"系列的作者，该系列小说深受读者喜爱，屡创销售纪录。迄今为止，"哈利·波特"系列销量已逾500,000,000 册，被翻译成 80 种语言，并被改编成 8 部好莱坞大片。J.K. 罗琳还为慈善组织撰写过 3 部"哈利·波特"系列衍生作品，分别是《神奇的魁地奇球》《神奇动物在哪里》（用于资助"喜剧救济基金会"和"荧光闪烁"）以及《诗翁彼豆故事集》（用于资助"荧光闪烁"），并创作了一部以《神奇动物在哪里》为灵感来源的电影剧本。她与他人合作的舞台剧《哈利·波特与被诅咒的孩子》（第一部和第二部）于 2016 年夏天在伦敦西区上演。2012 年，J.K. 罗琳正式推出数字化公司 Pottermore，哈迷们可以在网站上欣赏她的新作，陶醉于神奇的魔法世界。J.K. 罗琳还为成年读者写过小说《偶发空缺》，并以笔名罗伯特·加尔布雷思创作过推理系列小说。她曾荣获众多奖项和荣誉，其中包括表彰她为儿童文学做出巨大贡献的大英帝国勋章、法国荣誉军团勋章，以及安徒生文学奖。

约翰·蒂法尼
故事原创兼导演

约翰·蒂法尼导演过《曾经》，该剧在百老汇、伦敦西区和国际上荣获多种奖项。他的最新作品有在美国保留剧目剧院、百老汇、爱丁堡国际艺术节和伦敦西区上演的《玻璃动物园》，以及在布鲁克林音乐学校剧院上演的《大使》。他是英国皇家宫廷剧院的副导演，作品有《蠢特夫妇》《希望》和《通道》。他在苏格兰国家剧院导演过《生人勿进》，该剧后转至皇家宫廷剧院、伦敦西区和圣安仓库剧院，并在国际上巡演。他在苏格兰国家剧院的其他作品包括《麦克白》（也在林肯中心和百老汇上演）、《追究者》、《失踪》、《彼得·潘》、《贝纳达之家》、《改变凯斯内斯：猎人》、《靠近我》、《没有人会原谅我们》、《酒神的伴侣》（也在林肯中心上演）、《伊丽莎白·戈登·奎恩》、《家：格拉斯哥》和《苏格兰高地警卫团》（曾在国际上巡演，获奥利弗戏剧奖和剧评界奖）。蒂法尼于1996至2001年在特拉弗斯剧院、2001至2005年在佩因斯－普劳戏剧公司、2005至2012年在苏格兰国家剧院任副导演，于2010至2011学年任哈佛大学的拉德克里夫研究员。他凭借《哈利·波特与被诅咒的孩子》荣获奥利弗戏剧奖最佳导演奖，该剧破纪录地获得了9项奥利弗戏剧奖。

杰克·索恩
故事原创兼编剧

杰克·索恩为剧院、电影、电视和电台写作。他的戏剧作品包括由约翰·蒂法尼导演的《希望》《生人勿进》，在老维克剧院上演的《圣诞颂歌》《沃伊采克》，由莽撞剧院、金斯顿玫瑰剧院、布里斯托尔老维克演出公司和克卢伊德剧院联合制作的《垃圾场》，为格赖埃剧团和国家剧院撰写的《糖水的固体生活》，为爱丁堡国际艺术节撰写的《邦尼兔》，为特拉法尔加工作室撰写的《史黛西》，为树丛剧院撰写的《1997年5月2日》和《当你治愈我》。他改编的剧本有多玛仓库剧院的《物理学家》和高潮剧院的《倒带人生》。电影作品有《奇迹男孩》、《战争之书》、《自杀俱乐部》和《童子军手册》。电视作品有《姬芮》、《电子梦》中的一集、《最后的粉红豹》、《别带走我的孩子》、《这就是英格兰》、《灵界》、《胶水》、《被丢弃者》和《国家宝藏》。他于2017年获英国电影学院奖、英国皇家电视协会奖最佳迷你剧奖（《国家宝藏》），于2016年获英国电影学院奖最佳迷你剧奖（《这就是英格兰，1990》）和最佳单本电视剧奖（《别带走我的孩子》），并于2012年获最佳电视剧奖（《灵界》）和最佳迷你剧奖（《这就是英格兰，1988》）。

鸣　谢

《被诅咒的孩子》工作坊的所有演员，梅尔·凯尼恩、雷切尔·泰勒、亚历山德里亚·霍顿、伊莫金·克莱尔－伍德、弗洛伦斯·里斯、詹妮弗·泰特、戴维·诺克、雷切尔·梅森、科林、尼尔、索尼亚·弗里德曼制作公司和布莱尔合伙公司的每一个人，J.K.罗琳公关团队的丽贝卡·索尔特，伦敦皇宫剧院的妮卡·伯恩斯和所有员工，当然还有我们精彩绝伦的演员阵容，他们帮忙推敲润色了每一句台词。

哈利·波特
家　谱

波特是一个古老的巫师家族，可以追溯到十二世纪。从那以后，家族延续发展为多个巫师和麻瓜家庭：佩弗利尔、韦斯莱，甚至包括德思礼。

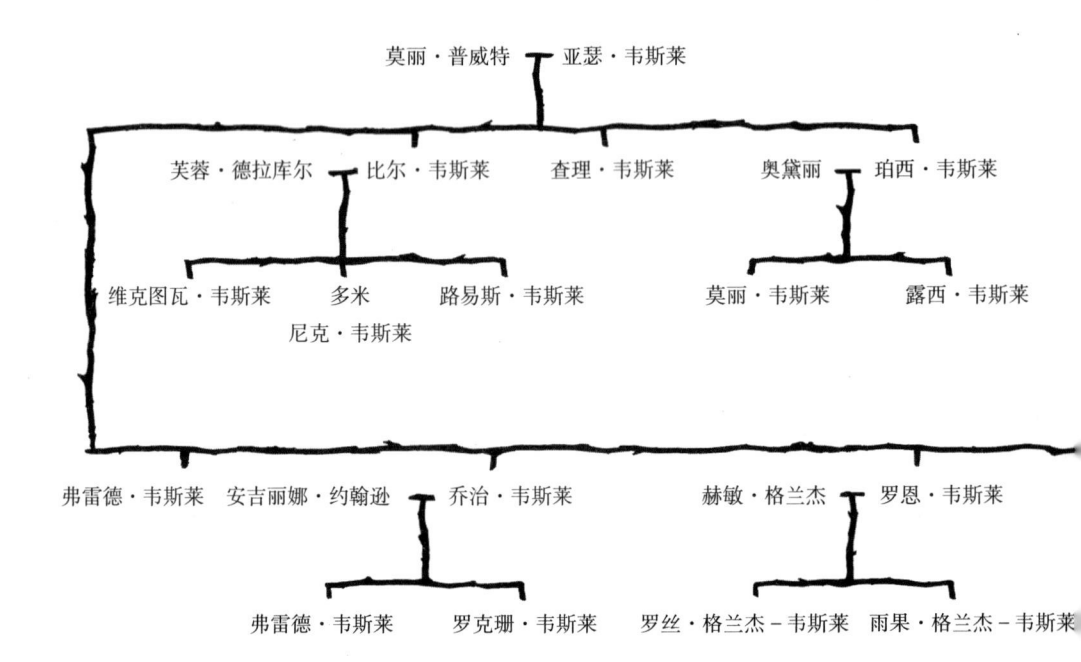

莫丽·普威特 — 亚瑟·韦斯莱

芙蓉·德拉库尔 — 比尔·韦斯莱　　查理·韦斯莱　　奥黛丽 — 珀西·韦斯莱

维克图瓦·韦斯莱　　多米尼克·韦斯莱　　路易斯·韦斯莱　　莫丽·韦斯莱　　露西·韦斯莱

弗雷德·韦斯莱　　安吉丽娜·约翰逊 — 乔治·韦斯莱　　赫敏·格兰杰 — 罗恩·韦斯莱

弗雷德·韦斯莱　　罗克珊·韦斯莱　　罗丝·格兰杰－韦斯莱　　雨果·格兰杰－韦斯莱

未知 ─┬─ 伊格诺图斯·佩弗利尔
　　　│
　　　两代之后　　　　　　　　　未知 ─┬─ "制陶工"
　　　　　　　　　　　　　　　　　　　　林弗莱德·斯廷奇库姆
　　　　　　　　　约兰特·佩弗利尔 ─┬─ 哈德温·波特
　　　　　　　　　　　　　　　　　　　│
　　　　　　　　　　　　　　　许多代之后

　　　　　　　　　　　　　　弗里蒙女士 ─┬─ 波特先生
　　　　　　　　　　　　　　　　　　　　　│
　　　　　　　　　　　　　　　　　未知 ─┬─ 亨利·波特
　　　　　　　　　　　　　　　　　　　　　│
　　　　　　　　　　　　　尤菲米娅 ─┬─ 弗里蒙·波特

未知 ─┬─ 伊万斯先生
　　　│
弗农·德思礼 ─┬─ 佩妮·伊万斯　　莉莉·伊万斯 ─┬─ 詹姆·波特
　　　　　　　│　　　　　　　　　　　　　　　　│
　　　　达力·德思礼　　　　　　　　　　　　　　│
　　　　　　　　　　　　　　　　　　　　　　　　│
　　　　　　　　　　　　　　　金妮·韦斯莱 ─┬─ 哈利·波特
　　　　　　　　　　　　　　　　　　　　　　　│
　　　　　　　　　　　詹姆·波特　阿不思·波特　莉莉·波特

"哈利·波特"
大事记

1980 年 7 月 31 日
哈利·波特出生于英国戈德里克山谷。

1981 年 10 月 31 日
哈利的父母,詹姆和莉莉·波特,在家中被伏地魔杀害。沦为孤儿的哈利在伏地魔的杀戮咒中幸存,魔咒反弹回去,但在哈利额头留下一道闪电形的伤疤。

1981 年 11 月 1 日
哈利被海格救出,并被送去跟他的麻瓜亲戚德思礼一家共同生活,德思礼一家否认知晓哈利的身世。

十年后……

哈利·波特与魔法石

1991 年 7 月 31 日
海格给哈利送来霍格沃茨魔法学校的录取通知书,并告诉他:"哈利,你是个巫师。"

1991 年 9 月 1 日
哈利第一次前往霍格沃茨,在开往霍格沃茨的特快列车上结识了罗恩·韦斯莱和赫敏·格兰杰。

1992 年 6 月
哈利挫败了企图夺取魔法石的奇洛教授,第二次逃脱了伏地魔。

哈利·波特与密室

1992 年 10 月 31 日
密室被打开了,斯莱特林的怪兽开始制造一连串攻击事件。

1992 年 12 月 25 日
哈利、罗恩和赫敏第一次使用复方汤剂。

1993 年 5 月
哈利和罗恩从哭泣的桃金娘的盥洗室进入密室。进去后,哈利杀死蛇怪,摧毁了汤姆·里德尔的日记。日记曾控制金妮·韦斯莱。哈利救了金妮一命。

哈利·波特与阿兹卡班囚徒

1993 年 8 月
哈利在《预言家日报》上读到逃犯小天狼星·布莱克的消息："他大概是阿兹卡班监狱关押过的最臭名昭著的囚徒"。

1993 年 9 月 1 日
霍格沃茨特快列车被摄魂怪拦截。

1994 年 6 月 6 日
哈利意识到小天狼星是无辜的——他受了冤枉，小矮星彼得才是真正的罪犯。

哈利和赫敏利用时间转换器去救小天狼星，有罪在身的小矮星第二次逃脱。

哈利·波特与火焰杯

1994 年 8 月
在魁地奇世界杯赛上出现黑魔标记，意味着伏地魔再度崛起。

1994 年 9—10 月
邓布利多教授宣布即将举办三强争霸赛，这是一个多世纪以来的第一次。出人意料的是，火焰杯挑选了不到年龄的哈利，使霍格沃茨有两位勇士参赛：哈利·波特和塞德里克·迪戈里。

1994 年 11 月 24 日
在三强争霸赛的第一个项目中，哈利凭借自己的飞行技巧，从一头喷火的匈牙利树蜂龙那里夺得一颗金蛋。

1994 年 12 月
德姆斯特朗的勇士威克多尔·克鲁姆邀请赫敏参加圣诞舞会。哈利和罗恩分别邀请了帕瓦蒂和帕德玛·佩蒂尔。

1995 年 2 月 24 日
在三强争霸赛的第二个项目中，哈利使用鳃囊草从大湖里救出了罗恩和加布丽·德拉库尔；几位裁判对他的勇敢行为褒贬不一。

1995 年 6 月 24 日
最后一个项目在迷宫进行，迷宫里设有许多障碍和危险生物。哈利和塞德里克共同获胜，但奖杯是一个门钥匙，把他俩送到一处墓地。伏地魔和食死徒们正在那里等候。塞德里克被杀害，悲恸欲绝的哈利带着塞德里克的遗体和伏地魔卷土重来的消息返回了霍格沃茨。

哈利·波特与凤凰社

1995 年 9 月
魔法部部长康奈利·福吉不肯相信伏地魔复出。他任命邓布利多的反对者多洛雷斯·乌姆里奇担任黑魔法防御术课的教师。

1995 年 10 月
哈利创建邓布利多军,这是一群学生的秘密聚会,反抗乌姆里奇,自学她不肯传授给他们的魔法技巧。

1996 年 6 月
哈利一整年都在抗拒源自伏地魔的幻觉,他看见小天狼星身处险境。在好友的陪伴下,他前往魔法部,再次与伏地魔交锋。

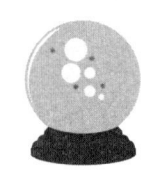

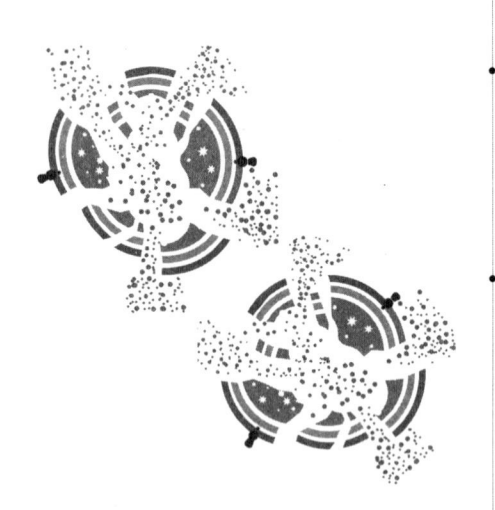

魔法部
哈利发现一个重要预言,它将哈利与伏地魔的命运进一步交织在一起。

魔法部
小天狼星被食死徒贝拉特里克斯·莱斯特兰奇杀害,在神秘事务司的那场战斗中,魔法部保存的所有时间转换器被摧毁。

哈利·波特与"混血王子"

1997 年 1 月
邓布利多开始向哈利讲述黑魔头的历史,这是哈利打败伏地魔的艰巨任务的一部分。

1997 年 5 月
在格兰芬多赢得魁地奇杯之后,哈利终于吻了金妮。

1997 年 6 月
食死徒潜入霍格沃茨。德拉科·马尔福未能完成伏地魔布置的谋杀任务,随后,西弗勒斯·斯内普替他杀死了邓布利多。

哈利·波特与死亡圣器

1997 年 8 月
魔法部垮台，伏地魔当权。哈利、罗恩和赫敏逃亡在外，寻找余下的魂器，目的是最终战胜黑魔头。

1997 年 12 月
哈利、罗恩和赫敏了解到死亡圣器的传说——如果能够集齐三件宝物，即可成为死神的主人。

1998 年 5 月
哈利、罗恩和赫敏返回霍格沃茨，寻找剩下的魂器，霍格沃茨战役打响。

霍格沃茨战役
伏地魔杀害斯内普，夺取老魔杖，企图集齐死亡圣器。哈利得知斯内普深爱着他的母亲莉莉，斯内普效忠的对象始终是邓布利多和自己深爱的女人，而不是黑魔头。

霍格沃茨战役
哈利意识到自己是一个魂器，为了拯救整个巫师界，他向伏地魔献出自身。

霍格沃茨战役
纳威·隆巴顿杀死纳吉尼，代替哈利消灭了最后一个魂器。

霍格沃茨战役
哈利在伏地魔最后的攻击中生还，并最终击败了他。

十九年后……

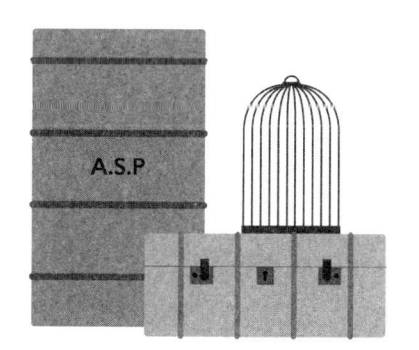

2017 年 9 月 1 日
哈利（现年三十七岁）和金妮已经结婚，有了三个孩子。在国王十字车站的 $9\frac{3}{4}$ 站台，他们与罗恩和赫敏·格兰杰-韦斯莱会合。他们两家的孩子，阿不思·波特和罗丝·格兰杰-韦斯莱，将成为霍格沃茨的一年级新生。阿不思担心自己会被分在斯莱特林，哈利安慰他道："阿不思·西弗勒斯，你名字里有霍格沃茨两位校长的名字。其中一位就是斯莱特林的，他可以说是我认识的最勇敢的男人。"汽笛声响起，阿不思和罗丝的旅程开始了。

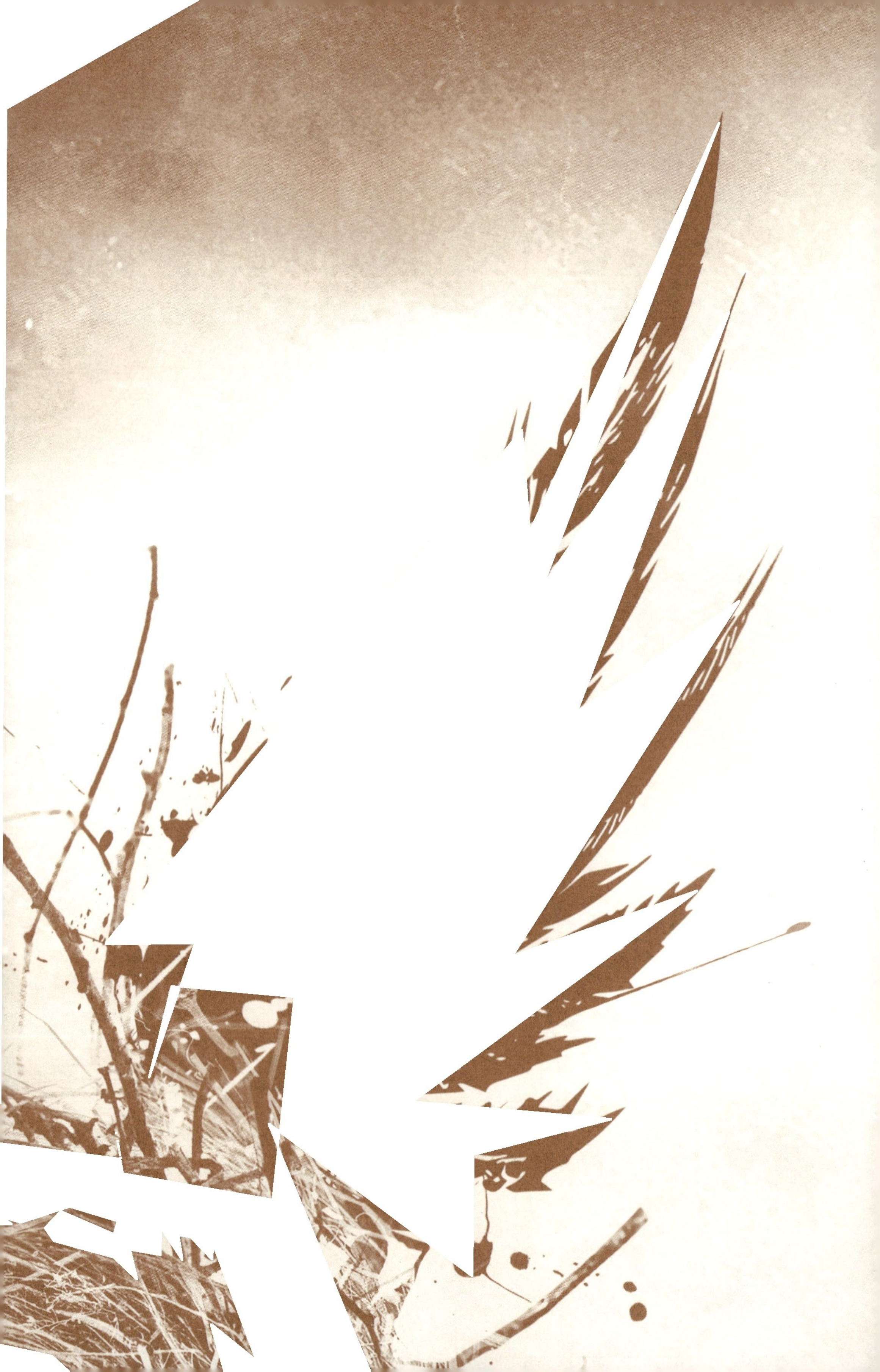